接納

克萊拉・居彭—墨諾——著

陳文瑤——譯

Clara Dupont-Monod

[*S'adapter*]

寫給台灣讀者：

早在這些文字出現之前，存在的是一段個人經歷。我的弟弟出生時帶有的缺陷，一如《接納》這本書裡的描述。然而，我並沒有將它視爲某種哀傷沉痛來經歷。這不是悲劇，亦非考驗，而是一場冒險。我不得不走出原本的舒適圈，學習另一種應對進退；並帶著這本小說中的人物也會捫心自問的疑惑：如果我們必須適應一個適應不良的人，那麼，比較適應不良的人會是誰？

這一場與差異的相遇豐富了我，讓我不再那麼無知。因此我很想書寫它，書寫那個有時我們必須懂得忘掉的準則。大自然可作爲我的依靠。群山、石頭、河流：這些風景都不需要準則，長久以來它們的準則都是它們說了算，該去適應的是人類，而不是反過來。

這是何以我選擇法國的塞文山區作爲背景，並且讓石頭開口述說，它們在我眼裡一如那些年老的女性，撐住了一切、適應了一切。與我們以爲的相反，有時候，石頭讓人不必那麼剛硬逞強。

克萊拉·居彭－墨諾

「若是他們閉口不說，這些石頭必要呼叫起來。」

路加福音第十九章第四十節

「『正常』是什麼意思？我母親正常，我哥哥正常。我一點也不想跟他們一樣！」

《傾斜的女孩》，貝涅・彼特、馮索瓦・史奇頓

大哥

[L'aîné]

某天，有戶人家迎來了新生命，一個適應不良的小孩。適應不良——這個醜陋的字眼儘管帶了點貶意，放在這具眼神飄忽空洞、軟綿綿的軀體上卻相對中肯。「損壞」顯得偏頗，「未完成」也一樣，這些詞彙令人聯想到不堪使用的物件，等著拆解回收。「適應不良」明確假設這孩子活在機能運作的框架之外（用來拿取物品的手、用來前進的腿）。從此，他註定站在眾多生命的邊緣，無法完全融入，卻始終佔有一席之地，好比畫作的一角陰影，既是擅自闖入、亦出自畫家的意願。

起初，這戶人家沒有發現異樣，況且寶寶模樣又俊秀。母親忙著接待從村子、附近小鎮過來的訪客，此起彼落的車門乒乓，伸展的腰背，還有免不了的幾步踉蹌。畢竟，要抵達這座山莊得繞行好些狹窄蜿蜒的道路，胃幾乎都被翻過一輪。一些朋友來自毗鄰的某座山頭，只是這裡的「毗鄰」有說等於沒說，從此地到彼地都得上上下下，群山自有它的起落。在山莊的院子裡，有時會感覺被靜止、鑲著綠色泡沫的重重巨浪包圍；當一陣風揚起，林木搖動而海發出低吼，此處便宛如免於暴風雨侵犯的一座島。

院子就在那道矩形、布滿黑色門釘的厚重木門之後。行家說，這道中世紀的門啊，很可能是幾世紀以來落腳塞文山區[1]的先人所打造。他們在河的兩岸蓋了兩棟房子、遮雨棚、麵包窯、柴房以及磨坊，而當窄小的路變爲小橋，出現面向河流第一棟房子的露臺，我們隱約聽見車子欣慰地喘了口氣……緊接著便是另一棟房子了，孩子在那裡出生，中世紀大門也在那裡，正敞開著迎接親友。母親殷勤倒上栗子酒，一小群人聚在院子涼蔭處，難掩興奮。眾人輕聲交談，避免驚嚇乖巧躺在嬰兒搖椅裡的孩子。他身上有股橙花的香氣，表情專注溫順，臉頰白胖、髮色偏褐、大大的黑眼珠，一看就是當地的寶寶。群山彷彿守著搖籃的接生婆，雙腳泡在河裡，身上裹著風。這孩子是被接納的，與其他小孩相似。這裡的寶寶都有黑眼珠，老人則又乾又瘦，一切井然有序。

三個月過去了，他們發現這孩子不會咿咿呀呀。除了哭，大半時間裡他都很安靜。頂多不時露出一抹微笑，皺皺眉頭，喝完奶吐

1 法國中南部塞文山脈（Les Cévennes）一帶的山區，屬於法國中央高原一部分，有著豐富人文底蘊與自然景觀。塞文國家公園於1970年成立，2011年更因其擁有地中海農牧業文化景觀而與科斯（Les Causses）被列入聯合國教科文組織之世界文化遺產。

口氣，會被砰地關門聲嚇一跳，如此而已。哭、笑、皺眉、吐氣、驚嚇，沒別的了。他不會手舞足蹈，只是安靜待著——「死氣沉沉」，做父母的這麼想但沒說出口。孩子對人的臉孔、旋轉吊飾玩具、手搖鈴都不感興趣。尤其他闇黑的一雙眼似乎不在任何事物上停留。他的眼神總是游移，隨即往一邊偏去，或者眼珠子轉啊轉，彷彿跟著無形的蟲子起舞，接著才在茫然的空洞中落定。孩子看不見那座橋、兩棟高高的房子，看不見院子——它和道路之間隔著一堵歷盡風霜的紅棕石牆，這牆被雷雨、車隊毀壞無數次又重建無數次，始終矗立在此。他也無視群山粗糙的皮膚，山背上站滿數不清的樹，還被激流鑿了條縫，可孩子的雙眼只是輕輕掠過風景與人群，卻從不駐留。

某天，孩子躺在搖椅裡，母親跪了下來，手上拿著一顆柳橙。她動作輕柔，在他面前移動水果。那雙漆黑的大眼睛沒有捕捉到什麼，只是望向別處。該說什麼？母親又把柳橙來回移動幾次，證明了自己孩子視力不好或根本看不見。

沒有人知曉，在那一刻，千頭萬緒如電流刺穿一個母親的心。我們——院子裡這些紅棕石頭、正在說故事的人，我們關心的只有小孩，想訴說的只有他們。彼此嵌合在牆上的我們[2]俯視著他們的人生。數千年來我們都是見證者，知道在一則故事裡，小孩總是被遺忘的人。大人把他們當作羔羊趕進羊欄，美其名是保護其實只

2 塞文山區採取的是乾砌石工法，亦即不靠任何固著劑，僅透過石塊彼此堆砌嵌合而成。

爲了擺脫。不然這麼說吧，只有小孩會把石頭當玩具：他們替我們命名、漆得花花綠綠，在我們身上塗鴉、寫字、描畫，給我們貼上眼睛、嘴巴、草做的頭髮，拿我們蓋房子、打水漂，排成球門或軌道。大人使用我們，小孩挪用我們。這是何以我們與他們產生這般深厚的連結。這是關乎感謝的問題，我們欠他們這則故事——每個大人都應該記得，他虧欠了他曾經當過的那個小孩。因此，當父親把他們叫到院子時，我們凝視的是他們。

塑膠椅粗暴地刮著地面。大哥和小妹，兩個人。褐髮、黑眼珠，想當然爾。哥哥才九歲，站得筆直，胸膛微微挺出。他擁有這裡的小孩那種瘦而有力的腿，一雙滿是結痂與烏青、習慣攀爬、認得那些斜坡與金雀花細枝刮痕的腿。出於本能，他一手放在妹妹肩上，反射性的保護動作。他一向狂妄，但這樣的狂妄直接澆鑄自某種崇高、浪漫的理想，以堅毅忍耐爲圭臬，因而與自命不凡有所區隔。他生性剛強果斷，把看顧妹妹當作責任，規定眾多表親服從他自訂的公平原則，要求同伴具備勇氣與榮譽心。那些從不冒險，或被他內建的雷達偵測到怯懦氣息的人，便會收到他的蔑視，毫無轉圜餘地。這樣的自信從哪裡來，無人知曉，只能想說是山給他注入了某種堅忍。我們有過無數機會對此進行檢驗：人都是先在某個地方出生，而常常那個地方即與他血脈相連。

那天晚上，在父親面前，哥哥站得直挺挺，下巴微微顫抖，他召喚內心的騎士，不過無須握緊拳頭。父親以一種沉穩的聲調，解釋他們的弟弟應該是視障。已經跟醫院約診了，從現在算起的兩個月後大概可知道結果。關於弟弟的失明，可要把它當作一種運氣，因爲他們將會是學校唯一會玩點字卡牌的學生。

兄妹倆隱約察覺某種經過掩飾的不安，但很快被未來可能的風光取代。經父親這麼一說，連厄運都充滿魅惑。失明，有什麼關係？玩耍時稱王才要緊。在哥哥看來，這邏輯再自然不過。他在學校原本就是老大，自信滿滿，相貌堂堂，一貫從容，而寡言的特質反倒讓他頭上又多了那麼點光環。整個晚餐時間，他忙著和妹妹談判，好讓自己成爲向同學展示點字卡牌的第一人。父親當裁判，公正不阿。此刻還沒有人意識到，一道裂縫正緩緩成形。不多久，做父母的會聊起他們最後那段無憂無慮的時光。啊無憂無慮，多麼邪惡的概念，只有在失去、在它成爲回憶以後，才能細細品嘗。

父母很快發覺寶寶沒什麼力氣。他的脖子仍然跟新生兒一樣軟，得用手一直托著。手臂、雙腿，四肢都癱軟無力。逗他時不會伸出小手，沒反應，也不嘗試與人互動。他的哥哥姐姐卯足全力搖手搖鈴、揮舞色彩鮮豔的玩具，孩子依舊不為所動，眼神飄向其他地方。

「這是個張著眼睛昏過去的人。」哥哥向妹妹下了這樣的結論。

「那叫做死人。」妹妹反駁，雖然她才七歲。

兒科醫生認為情勢不妙，建議找個相關領域的權威，做一次腦部電腦斷層掃描。他們得預約排程，離開山谷到醫院去。從這裡開始，我們失去了他們的蹤跡，因為城市裡沒有人需要石頭。但我們想像著他們停好車、經過自動門、在長條地墊上仔細蹭了蹭鞋底。他們站著，在一個房間裡等候，在灰色橡膠地板上踱步，教授什麼時候會來？他來了，喊了他們。他手上好幾張片子，請他們坐下。

他聲音溫和，宣告的判決卻不得異議。的確，他們的孩子會長大，但他看不見、無法行走、不會講話，至於他的四肢不聽使喚，是因爲大腦無法傳遞該傳遞的訊息。他會哭，會表達舒不舒服，但僅止於此。他將永遠像個新生兒，唔，也不完全是。教授用一種更接近慈母的語調解釋著，這樣的孩子，預期壽命不會超過三年。

做父母的最後一次回望他們原有的人生。自此之後，他們預備遭逢的一切將是煎熬，而先前已經歷的亦然，因爲一想起無憂無慮的過往便足以讓人發狂。他們就這樣站在斷裂邊緣，介於已逝的時光與可怕的未來之間，而前者一如後者，讓痛苦的重量直直往上疊。

兩人努力打起精神，儘管他們已死去大半。在某處，在他們身爲大人的內心深處，一點微光熄滅了。他們坐在橋上，就在河流上方，十指緊扣，孤單，卻又彼此依靠。他們的腿懸在半空中，任憑夜裡的聲響像斗篷般將他們包圍，好尋求點溫暖或者就此隱身消失。他們害怕。他們自問：「爲什麼是我們？」以及：「爲什麼是他，我們的孩子？」當然還有：「接下來該怎麼辦？」瀑布竊竊私語，微風呢喃，蜻蜓飛舞，群山表示它也在。這個地區的山壁由頁岩組成，那是種鬆散、極易粉碎而無法刻鑿的石頭，還會引起崩塌。不像較高處緻密、堅定不移的花崗岩和玄武岩，或往羅亞爾河流域去，那些多孔而吸水力強的石灰華引人覬覦。話說回來，除了頁岩，誰有辦法提供如此層次細膩的赭色調？哪一種石頭擁有這般片狀解理，隨時準備粉身碎骨？這是關乎接受或放棄的問題。住在這裡，意味著容許騷動失序；而現在，橋上這對父母意識到他們必須遵循這個邏輯活下去。

其他兩個小孩，似懂非懂，只是，有一道具毀滅性、尚未被命名為傷痛的力量，已將他們猛然推進一個與世界斷絕的世界：一個讓他們年輕敏感的心靈挫傷的所在，無人伸出援手。美好的純眞就此結束，他們將獨自面對蛻變後殘破的軀殼。不過，在這個當下還有實用主義能挽救兩個小孩的生活，無論這是不是一場悲劇，他們都想知道下午幾點吃點心、哪裡可以抓小螯蝦。時值六月，那孩子也六個月大了，但兄妹殷殷企盼的重點是：「六月耶，夏天到了，堂兄弟妹要來囉！」在別處，其他新生兒看得見、頭能抬、小手會揮動，生命這道洪流對他們的命運無動於衷，然而他們不以為忤。

這種無謂公平與否的心理狀態一直持續到冬天。哥哥和妹妹度過了一個幸福的夏天，儘管跟堂兄弟妹在一起的時候，他們會避開孩子的話題。至於父母疲累的臉、他們盡可能輕巧地將孩子從搖椅抱到沙發、從沙發抱到院子大坐墊上的種種，則好好收在記憶某個角落。兄妹倆開學了，認識新同學、往返學校、照表操課，平行地織出他們的生活。

在這樣的情況下，聖誕節自然沒有受到影響，這節慶可是山區人家的重要時刻。車門聲再次此起彼落，山莊成爲山谷的集合場，賓客拎著大包小包的吃食補給跨進院子。漸漸地，板岩地面結了霜，驚喜連連的呼聲在空氣中化爲小朵小朵的雲，天空散發出某種金屬光澤的黑。一堆小孩把彩色燈串掛在由我們嵌砌的牆面，好指引賓客，還在我們腳邊放置小火把。接著一個個穿得暖呼呼，拿起手電筒，成群到山裡擺小蠟燭，好讓聖誕老人從天上就能辨識出降落的跑道。壁爐裡燒得劈啪作響的熊熊烈火，在這些稚嫩孩童眼裡如永恆般亙古不滅。廚房裡擠了十五個人，忙著準備慢燉野豬肉、各式肉凍和洋蔥派。個子嬌小的外婆換上緞面洋裝，坐鎮指揮。在過分裝飾的聖誕樹前，幾個堂兄弟妹秀出長笛和大提琴，清清嗓子，起個音，很多人便跟著唱了起來。如今虔誠的教徒不多了，但這些新教聖歌每個人都耳熟能詳。大人跟小孩解釋道，跟天主教徒（那些年紀很大的叔叔伯伯們，都還用「教皇主義者」[3]來稱呼他們）說的不一樣，地獄是不存在的，人們其實不需要透過神父來跟上帝交談，另外，我們對自己的信仰永遠要有所質疑。滿臉皺紋的姑婆們還補充，一個正直的新教徒會堅守承諾，遇到困難能咬緊牙關，而且不輕易告解。「榮譽、忍耐與謙遜」，她們看著稚嫩的小臉做出結論，但小孩早已分了心。樂音和香味隨著氣流揚升，飄到巨大的屋樑上，穿過屋牆瀰漫到院子裡。這一切跟古老的守夜並沒有太大的差別，彼時人們亦急急地往火堆聚集，把手埋進寒流來襲時被趕進屋的綿羊肚子底下去。

孩子躺在壁爐旁的搖椅裡，是這些喧囂嘈雜中唯一固定不動的點。他像隻興奮的小獸，嗅聞著廚房飄來的香氣，臉上不時流露出笑意。偶爾會因爲某些特別的聲響（琴弦撥動、肉凍放到橡木桌上時輕輕啪的一聲、低沉的嗓音、狗的狂吠）而手指微微抽搐。由於脖子沒有支撐力，他的頭偏向一邊，臉頰貼著搖椅的布面。那雙眼睛，鑲著兩道褐色細長的眉，視線隨著重力緩慢遊走。他看似專注

3 教皇主義者（Papiste），支持教皇絕對權威者，曾是新教徒對天主教徒的貶抑之詞。

卻又心不在焉。他長大了，身體還是軟綿綿，但新長的頭髮又蓬又厚；而做父母的也已然不同。

聖誕節這個晚上，各種細微變化持續成形。這戶人家的哥哥轉身，迎向了孩子。爲什麼挑這個時刻？身爲石頭的我們無從得知。或許是他弟弟失能的身體如今已顯而易見，讓他無法忽視。或許是隨著年齡增長，他發覺現實原來與他崇高的願景如此扞格不入，但在孩子身上，卻格外能感受到一種寧靜的陪伴，堅貞恆久，從不令他失望。又或許，單純只是他終於意識到現況，而滿懷理想的騎士精神，以一種無可救藥的形式驅使他去照顧、呵護最弱小的對象。在這個家，總是哥哥替孩子擦去嘴角的口水，將他身體擺正，溫柔地摸他的頭。他把狗通通趕走，要所有人安靜。他也不再跟堂兄弟妹或妹妹玩，這實在令人難以置信——這個俊俏、矜持的男孩，他們不是不認識，但是到目前爲止，他明明狂妄、略顯自恃，清楚自己的高人一等。是誰曾經緊跟著野豬的足跡，還教大家射箭、偷木梨[4]？是誰能夠在暴風雨過後那混濁、夾帶泥沙的洶湧河水中勇往直前？在危險、伸手不見五指、四周充滿不知名聲響的黑夜裡行走，身手俐落一個動作，壓低連帽衫的帽子就避開伏翼（他妹妹和堂兄弟妹的天敵），不讓那些尖耳蝙蝠抓住他那頭濃密褐髮？是誰？是哥哥。孤獨、尊貴，帶著冷靜的自信。一種莊園領主沉穩的權威，親友們是這麼想的。

今年，他沒有提出任何點子。一旁的妹妹與堂兄弟妹氣得跺

---

4 木梨（Coing）又名榅桲，是種表皮呈金黃色，長得像蘋果與梨子綜合體的水果，主要拿來做果凍醬、水果軟糖或甜點。

腳，雖然不敢打擾他，卻又無法安分下來。哥哥顯得比平常更沉默，他坐在壁爐旁，隨時調整火勢，留意不讓弟弟冷到。他悄悄把一個抱枕塞進搖椅，墊高孩子的頭。他看著書，手指放入孩子緊握的拳頭——他永遠像個嬰兒一樣，把拳頭攥得緊緊。這幅景象說來有點詭異，一個十歲左右的男孩，健康、活力充滿，面對另一個已經很特殊但也不能稱作古怪的孩子：他的體型大概接近一歲的寶寶，嘴巴半開，毫無互動，他非常安靜，只有黑眼珠游移飄忽。兄弟倆在外貌上的相像不言而喻，但沒人說得出何以這樣的相像讓人揪心想哭。哥哥從書頁中抬起頭的時候，目光堅定而深沉，濃密的睫毛彷彿是身旁那隻小獸的複製品。

聖誕節這個晚上，標示了某種無可逆轉。接下來的幾個月，哥哥完全陷入。在這之前，他眼裡有日常與他人，現在，他只有弟弟。他們的房間就在隔壁，每天清晨，哥哥會比其他同住的家人都早起，他總是一腳先踩在六角紅磚鋪成的地板，微微打個哆嗦，接著推開門，走向那個渦形白色鑄鐵床，他跟妹妹都睡過那張床，後來長大才挑了自己想要的。孩子沒有抗議或不滿，他就睡這張床。哥哥打開窗戶，迎來晨光。他知道怎麼輕巧地把孩子抱起來，一手托住後頸，將他移到尿布台。他替他換尿布、穿衣服，接著小心抱到樓下廚房，餵他前一晚母親準備好的食物泥。但在進行這一系列動作之前，他會先傾身靠近床鋪，將臉頰貼在孩子的臉頰上，驚嘆那般柔嫩的蒼白。他維持著這樣的動作，維持這凝止不動的接觸，皮膚貼著皮膚。他享受著胖嘟嘟如奶油般滑順的臉頰，以及那種毫不設防，迎向愛撫的召喚，甚至可能只獻給他：哥哥。孩子均勻呼吸著，他雙眼沒有看往同樣的方向，哥哥很清楚。他看著渦形床架，以及後頭那扇面向河流的窗；孩子則凝視其他地方，眼珠子以一種誰也無法掌握的節奏移動。對哥哥來說，這不成問題，他就是孩子的眼睛。他爲他描述床與窗、激流的白色泡沫、院子上方的山巒、午夜藍的板岩地板、木製大門、老城牆、我們這些石頭以及反射的紅銅光芒、胖肚子花盆裡冒出的叢叢花朵，這種花盆有兩個小把手，就像兩只耳朵。在孩子身旁，他發現自己充滿耐心。有很長一段時間，他那冷靜的態度原本是平息焦慮的最佳展示。他喜歡主動挑起事件，這麼一來便永遠不必等待。大家追隨他，爲他那俐落、毫不猶疑的衝勁而目眩神迷。然而眞相是他太害怕遭到任何威脅，因此寧可先發制人。與其擔驚受怕，不如早早學會掌握校園的喧鬧、山區入夜後的漆黑、伏翼的攻擊。於是他率先出擊，校園也好、黑夜也好，或是地窖拱頂下方，那裡是伏翼的居所，只要一有入侵者，恐慌便會讓牠們四面八方飛竄。

跟孩子一起，這一切都停止運作。孩子就只是在這裡，沒什麼好怕的，因爲他既不具任何威脅也不帶任何承諾。哥哥從他身上感受到一種全然的交付，再也不必一馬當先。某種東西觸動了他，一則來自遠方的消息喚來群山的靜謐、喚來一塊石頭或一彎流水那古老的存在，僅只是存在本身就已足夠。孩子體現了對世界的法則或障礙的順從，毫不反抗亦不帶一絲苦澀。孩子就在這裡，如同一道地表褶皺般理所當然。「腳踏實地勝過好高鶩遠」，他喃喃，這是塞文當地的俗諺。沒有必要反抗。

他最喜歡的是孩子安然自若的善良，那種原初的純樸。原諒是他的本性，因爲他從不批判。他的靈魂，以一種絕對的方式，對殘酷視而不見。他的幸福化約成微小的事物：乾淨、飽足、淡紫色睡衣的柔軟觸感或是撫摸。哥哥理解到此刻他所體驗的是一種純粹，他深受震撼。在孩子身旁，他不再因爲害怕生命從手中溜走而魯莽去招惹它。生命，它就在這裡，在呼吸起落間，不驚惶不戰鬥，只是在這裡。

漸漸地，哥哥解讀出孩子的哭聲，他能分辨哪一種是肚子痛、餓了或不舒服。他已經擁有原本得在很久之後才學會的技能，比如換尿布或是餵蔬菜泥。他會定期更新採買清單，比如潔膚液、替換用的淡紫色睡衣、可以增添食物泥香氣的肉豆蔻。他把清單交給母親，從她眼裡讀出喃喃的感謝。他喜歡孩子聞起來香香的、暖呼呼的時候流露的一臉恬靜。孩子感到舒服就會咯咯笑，那聲響在空氣裡揚升，宛如遠古之歌，嘴角咧開化爲一抹笑容，睫毛眨動而音調愈亦高昂，像是某種單一的旋律，不爲其他，只訴說原始需求的滿足，或許亦是溫柔的回報。

哥哥爲他哼唱兒歌，因爲他很快明白，聽覺——孩子唯一運作的功能，是種不可思議的工具。孩子無法看見無法抓取無法說話，但是他聽得到。因此，哥哥會有意識地變換聲調。他對他絮絮叨叨開展在眼前的風景，杏綠、鮮綠、銅綠，柔和的、閃亮的、帶有黃紋的、暗沉的，各種不同層次的綠。他在他耳邊搓揉曬乾的馬鞭草，一邊拍打盆裡的水以呼應草葉嘁嘁擦擦的聲響。有時，他會把我們從院子的牆面摳下來，輕輕一丟，讓孩子感受石頭落到地面的悶響。他對他講述三棵櫻桃樹的故事：很久很久以前，有個農夫從遙遠的山谷揹回了三棵櫻桃樹，他一路翻山越嶺，樹的重量壓得他背都直不起來。照理來說，這片土地的氣候並不適合它們，可是櫻桃樹卻奇蹟似的活了下來，成爲這座山谷的驕傲。櫻桃收成時，農夫總是大方分享，而每個人也愼重地細細品嚐。春天到了，樹上開滿傳說會帶來幸福的白色花朵，人們便將它送給生病的人。隨著歲月流轉，農夫死去，而三棵櫻桃樹也跟著枯萎。人們並不打算尋求解釋，因爲解釋就在那裡，在枝葉突然凋零這樣顯而易見的事實裡：樹總是與種下他的人相依相隨。誰也沒有勇氣去碰觸那些乾枯卻宛如紀念碑柱的樹幹，而哥哥仔細把樹幹上那些刻痕紋路說給孩子聽。他從來不曾對哪個人說過這麼多話。世界變成一個會發出聲音的泡泡，變幻莫測，一切都可以透過聲響與嗓音來詮釋。一張臉、一份情感、一段過去都有它可被聽見的呼應。哥哥就這樣說了起來。在這片土地，樹從石頭間隙抽芽生長，處處有野豬與猛禽；在這片土地，每當有一堵矮牆砌起，有一塊地整好成菜園或建起梯田，它便張牙舞爪，重新行使它的權利，安上天然的斜坡、草木與鳥獸。面對自然，人類首先被要求的，便是謙遜。「這是你的家園，」他說，「你得傾聽它。」聖誕假期那些早晨，他搓揉著禮物包裝紙，鉅細靡遺地從形狀到顏色，跟他形容這些他用不到的玩具。父母有點困惑，起先還忙著把孩子抱好讓他立著，後來便任由哥哥處置。堂兄弟妹基於一種驀然湧上的悲壯義氣，也紛紛大聲說起玩具的樣子，接著，描述的對象擴展到客廳、房子、家族成員……一發不可收拾，連哥哥也笑了。

當一屋子的人都睡了，哥哥起身。他還稱不上是少年，真的就只是個小男孩。他肩上密實裹了條毯子，往院子這面牆走來，額頭抵著我們，雙手高舉至頭的兩側，這是一種撫摸或是罪人的姿態？

他不發一言，在冰冷的幽暗中靜止不動，他的臉靠得這麼近，我們吐納著他的呼吸。

遇上晴朗的日子，看著山巒彷彿隨著晨光騷動起來，哥哥便往屋子後面去。地勢上升，而河流傾瀉增長爲瀑布群。他抱著這個大小孩前進，隨時留意自己的腳步，孩子的頭歪向一邊，晃呀晃的。落在腰際的袋子鼓鼓的，裡面有相機、水壺和一本書。他相中一塊平坦的空地，附近石子聚集宛若一片小沙灘。托著孩子的後頸，哥哥輕巧地讓他躺下，接著調整一下他腰部的位置，把他的下巴挪了挪，好讓那棵巨大杉樹的涼蔭將他整個籠罩。孩子舒服地喘了口氣，哥哥搓了搓披針形的葉子，將散發出檸檬草香氣的杉樹葉湊到孩子鼻尖。這些不是原生的杉樹，而是他外婆在很久以前種下的。樹群一定很喜歡這座山吧！因爲他們就此生根抽長，儘管最魁偉的那棵成了笨重的龐然大物。人們不再去計較有多少枝葉垂落在電線桿上，多少土地因爲叢叢樹冠而不見天日。哥哥向來把這些杉樹視爲某種畸形古怪的物事，想來他讓自己的弟弟躺在樹下，並不是偶然。

他喜歡這個地方。他坐在孩子身旁，把他的膝蓋屈起，用雙手環抱住。他看書，看完之後靜靜地沒說話，不替他描述些什麼。世界來到他們面前。土耳其藍的蜻蜓茲茲飛過耳邊，赤楊任由枝椏在水裡搖曳，拖成一把黏呼呼的汙泥花束。樹沿著河形成兩面牆，若是哥哥有那麼點想像力，或能以爲自己身在某個客廳，踩著扁平石毯，以杉樹爲天花板。他拍了幾張相片。河水平靜，河底閃著金光的鵝卵石清晰可見。沒多久，水面出現些許波紋，倏地化爲白色激流俯衝而下，在靜止不動的水潭裡迸裂粉碎；接著輪到水潭裡的水集結匯聚，嘩然傾瀉爲瀑布。哥哥聆聽這條河的奔騰流竄，感受它的衝動。附近有赭黃青綠的牆在看顧，隨風起伏的枝椏如手，而花朵像拉炮彩紙繽紛飛舞。

常常，妹妹會來找他。兄妹間兩歲的差距有時恍若二十年。他看她在布滿碎冰的水中緩緩前進，手指頭因緊張用力撐得很開，屏氣縮著小腹。有時她會蹲下來，讓水淹過腳踝，專注地，試圖想抓住在水面滑行的水黽，若讓她抓到一隻就尖叫歡呼。她踩過泥濘，蹦蹦跳跳，把石子堆成迷你水壩或小城堡。她會編一堆故事，她有著他所沒有的想像力。一根樹枝化身長劍，橡實殼斗變成帽子。她輕聲說著，全神貫注。陽光包覆著她褐色的頭髮，哎，髮絲太長了，她急急一個手勢把它們撇到後面。哥哥喜歡看她經驗著生命。他注意到她已經不需要充氣臂圈了，肩膀因爲擦了防曬乳液而不再紅腫。突然，他想起黃蜂窩，去年夏天，巨大的杉樹裡就藏了一個。他趕忙起身確認後才又坐下。在這裡，他的心情有點緊繃但是愉快，他被所愛的人圍繞著，他的妹妹、弟弟，還有我們，這些無論是躺在河床裡或作爲遊戲主體的石頭。

慢慢地，孩子認出他的聲音。而在他笑著、咿呀說著、哭著，像嬰兒那樣自我表達的同時，身體也逐漸長大。因爲長期躺著又無法咀嚼，上顎於是塌陷，整個臉越來越偏向橢圓狀，眼睛看起來就更大了。哥哥在他身旁待了好一陣子，試圖跟隨像是跳著慢舞的眼珠子。他從來沒想過，其他小孩在他弟弟這個年紀，各方面的發展早已不知抵達何等驚人程度了。他不做比較。倒不是基於反射性的保護動作，而是這種充盈、完整，如此原生的幸福讓世俗標準顯得乏善可陳，因此他不感興趣。

把孩子抱到沙發上，用抱枕固定好他的頭，這就足以讓他歡喜。他在聽。透過與他接觸，哥哥學會讓時間放空留白，光陰消逝裡自有寧靜圓滿。他將自己代入其中，像他一樣，好進入某種獨特靈敏的感知（遠處的窸窣、清新的氣息、白楊木的呢喃，小小的葉子隨風翻飛像亮片般閃耀，片刻光景的厚度乘載焦慮或洋溢喜悅）。那是關於感官、關於微小事物的語言，一種沉默的科學，某種他所在的任何地方都無人傳授的東西。只屬於異於常態的孩子，以及理解異於常態的人，哥哥這麼想。孩子這個生命大概永遠無法學會什麼，然而實際上，是其他人獲得了他的教導。

家裡買了一隻鳥，好讓孩子可以聽見嘰嘰喳喳。他們養成打開收音機的習慣、大聲說話、開窗，把山裡的聲響帶進到屋裡，免得孩子感到孤單。屋裡迴盪著瀑布嘩嘩的嘈雜、綿羊咩叫而脖子上的銅鈴叮噹作響、狗吠不停、鳥語嘹亮、響雷轟轟、蟬聲唧唧。哥哥上國中了，放學後他一刻也不耽擱，直奔校車。滿腦子多想無益的念頭彼此碰撞。洗澡用的溫和香皀夠吧？生理食鹽水呢？剩下的紅蘿蔔還能做一份食物泥嗎？淡紫色純棉睡衣乾了沒？他不去朋友家，對女孩子不會多看一眼，不聽任何音樂，他認眞學習。

孩子滿四歲了。他持續發育，抱起來更吃力了。他們替他穿上看起來像內衣的睡衣，盡可能挑厚一點的，因爲動不了，他十分怕冷。還得有人經常替他翻身，否則皮膚會長出一塊塊紅疹。長期維持躺臥的姿勢讓他髖骨脫位，雖然不會痛但腿因此變成弓形。瘦巴巴的兩條腿十分蒼白，幾乎像臉的皮膚一樣半透明。哥哥經常用杏仁油替他按摩大腿，他打算開始刺激孩子的觸覺。他輕輕扳開總是緊握的小手，找點什麼讓他指頭落在上面：從學校裡，他帶回毛氈布；從山裡，他撿來綠橡樹的細枝。他拿一大把薄荷葉摩挲他的手腕內側，讓榛果滾過他的指頭，並持續對他說話。雨天，他打開窗戶，抬起弟弟的手臂，讓他感受雨水滴落；或者輕輕往他嘴巴吹氣。奇蹟經常發生。孩子咧開嘴露出一個大大的笑容，伴隨細微歡樂的聲音。那是心滿意足的聲音，有點傻呼呼。停了半晌，又響起，更高昂、更開闊，就像某種曲調，哥哥心想。哥哥不像他爸媽會在夜裡自言自語：孩子若是會說話，聲音聽起來怎麼樣？他會是什麼個性，寡言還是活潑？喜歡待在家還是好動吵鬧？若看得見會有什麼樣的眼神？哥哥按照他原本的面貌接受他。

四月復活節假期的某個下午，他趁著爸媽採買時帶孩子去公園。那是小鎮外圍的一片公園綠地，有著旋轉遊樂設施和鞦韆。他爸媽不無擔心地點點頭，說他們會盡快買好，接著便往賣場方向走去。哥哥把孩子從他的特殊安全座椅拖出來，那可是一門技術，他得把他的屁股穩當地卡在前臂，托住他的後頸。哥哥感受到孩子在他頸項間的呼吸。孩子開始明顯變重了。遠遠地，人們會以爲那小孩昏過去了。

他穿過馬路，跨過公園大門，輕巧地讓孩子平躺在草地上，自己也伸展了背躺在他身旁，低聲跟他講起附近的形形色色。沙坑傳來的嘻鬧聲、旋轉盤嘎吱嘎吱、遠處市集迴盪的喧囂像把他們裹進一團發出聲音的棉花裡。他親一下孩子的手腕作爲話語中的頓挫標點。他注意不讓蒼蠅靠近，就怕有小蟲飛進孩子的嘴裡（因爲上顎塌陷，他呼吸時微張著嘴）。突然間，一道陰影來到他面前，他聽見一個聲音。

「親愛的，抱歉打擾了。但是看你這個樣子眞讓人心疼～爲什麼要照顧這種猴囝仔？是爲了多賺點零用錢？……」

打斷他們的不知是哪一家的母親，顯然是基於一片善心——通常，這是極具殺傷力的配備。哥哥以手撐地坐起，眼前這位女士一臉和善，她不是村子裡的人。

「可是女士，這是我弟弟。」他說。

她乾咳了幾聲，有點尷尬，旋即轉過頭去，喊出幾個名字。那當下，哥哥既沒有悲傷亦不憤怒，他並沒有將之視爲一種惡意。這個女人只是有點魯莽，不在狀況內而已，但孩子有權利享受屬於他的愜意。

沒多久，一種不自在隨著落在推車的眼光而來，哥哥感覺心中升起的羞恥感宛如對弟弟的背叛。這種不自在，想來會在哥哥與**他們**——那些足夠正常而顯得強大的人之間——劃出一道無形而巨大的邊界。**他們**，大抵會是那些家庭大聲嚷嚷的驕傲，橫衝直撞而喧鬧的存在，洋溢著生機，無視軟綿綿的軀體或塌陷的上顎，一個個驅車揚長而去，無須費勁搬移什麼特殊座椅。大抵會是班上同學那寒酸的愁苦，世界因爲一次成績考差了而瞬間崩塌；大抵會是那類難以承受的好意，甚至是一抹憐憫的笑容，讓人還寧可被討厭排擠。也大抵會是數以萬計微不足道的偶發事件，將哥哥又推回孤獨的境地。而當然，山就如同一座無所謂道德的量體，殷勤好客，跟動物一樣。在這裡，我們就要提到避難（refuge）這個詞的詞源了，它來自拉丁文的*fugere*，本意是逃跑。山讓人得以拉出必要的距離，後退一步來迎向世界。同時，哥哥也曉得他必須與**他們**妥協和解，因爲他們是生活的主體，數量龐大，千萬不能與他們切割斷裂。哥哥把他們當作某種飲水槽，他對正常的渴望可以在那裡獲得紓解。一次生日餐會、一次射箭比賽、一次到朋友家的晚餐、一次超市採買，這些都能填補孤單。提醒自己有其他人作爲支撐，意味著一種歸屬，像是巨大心臟的跳動。在超市排隊隊伍裡、在學校餐廳魚貫等待的行列裡、在有著陽台的宅邸門口，哥哥可以假裝跟別人一樣。反正推車上堆滿了尿布跟好幾瓶甜杏仁油，他們可以佯裝家裡有小嬰兒。在朋友家，遇到有人問他「你有幾個兄弟姊妹？」「兩個。」他回答，接著會想辦法避開「他們幾年級？」之類的問題。他學會了耍詐，他對必須耍詐感到羞愧。他多希望自己可以回答：「兩個，其中一個是身障者。」他幻想著大家就這樣輕鬆轉換話題，彷彿再自然不過。可惜現實不如人意，取而代之的，是罪惡感。這些恐怖的**其他人**有辦法捏造出子虛烏有的過失，就像那輛漆成五彩鮮豔的小發財車，播著超大聲的音樂，每個夏天穿梭在山谷，賣著栗子口味的甜甜圈。堂兄弟妹殷殷盼著小發財車，大人走到門口，手裡捏著零錢包。錢才剛付完，甜甜圈已經被吃掉大半，且小孩央求要再買一個。聽見小發財車的音樂響起時，哥哥人正在那條路底下靠近河邊果園的地方，忙著把蘋果撿進布巾裡。這些蘋果或長了蟲或被鳥兒啄過，都不能吃，但這不重要。他把孩子跟搖椅搬到果園，在他掌心放了顆流浪小皇后[5]，好讓他感受蘋果凹凸不平的表面。他很喜歡這個涼爽的地方，種有一些樹，樹幹都被圍

5　流浪小皇后（reinette）是一種外型不起眼、很小顆，但酸度與甜度都很高的蘋果。

欄圈起，緊鄰著小橋。因爲是在下坡處，所以車子看不到他，但是引擎聲接近時，哥哥又探出了頭。小發財車駛過他上方，他那群堂兄弟妹幾乎也同時冒出來。怎麼辦？留在這裡，放棄甜甜圈？怎麼可能。偷偷跟上，拖著一個軟綿綿的孩子？當然也不行。於是，幾乎是不假思索地，他倒出布巾裡的蘋果，任由它們滾落一地，接著把布巾用力一抖，蓋在孩子身上。他爬上果園斜坡，來到馬路，跑過橋，義無反顧地衝向小發財車。

他混進興奮激動的堂兄弟妹裡，幫妹妹撕開包著甜甜圈的紙，像其他人那樣笑著。他不敢回頭看果園，而嘴裡的甜甜圈走了味。

小發財車重新發動，開上那條窄小的馬路之後，他悄悄溜走，接著一路狂奔，在往果園的碎石坡上還差點滑了一跤。他看到草地、枝葉搖曳的影子、搖椅支架，然後是白色布巾，布巾下露出一點褐髮，緊握的小拳頭垂在兩邊，一地的蘋果。孩子沒有哭，只是專注在這個突然蓋在他身上的柔軟材質。他的頭歪向一邊，呼吸無礙。哥哥跪下，喉嚨緊縮。他拿開布巾，輕輕地把他的頭扶正，把臉頰貼在他的臉頰上，喃喃地反覆著「對不起」。孩子沒有發出任何聲音，眼睛瞇瞇的，因爲落在臉上那溫熱、鹹鹹的淚滴而有點迷惑。

但是，當時在公園的那個媽媽打斷他們的時候，他並沒有感受到他人帶來的害處，他們的不識相與蠻橫。多少輛小發財車都可以這樣開過，他不在乎。他要走的路，他要做的事就跟山一樣——保護。擔憂將他的人生滾上了邊。他會觸碰孩子的手確認體溫，替妹妹調整圍巾，禁止她靠近那群海奧勒[6]，牠們是脾氣暴躁、緊挨著彼此成群前進的小母羊。之前有一天，她帶回一隻受傷的睡鼠，被他命令拿到河裡丟掉。他體會到是因爲對妹妹也有這種反射性保護動作，讓他在日後不敢生小孩。周圍有那麼點聲響便驚懼不已、過分害怕遇到最壞的情況，這樣的人怎麼有辦法讓誰安穩度日？這就是代價吧，他想。這就是他的使命，如同石頭上的赭色紋路，銘刻得那樣深。那一次，磨坊旁邊那棵雪松要被砍倒時，所有小孩都被叫去看熱鬧，但誰也找不到他們。哥哥，害怕他妹妹被隨便一根樹枝傷到，於是把她帶到山上更高的地方採野蘆筍。他們一整個早上都彎著腰，在扭曲吐著針刺的蘆筍叢間尋尋覓覓。下山後他當然被處罰了，但他一派鎮定，因爲對他來說，這件事沒有商量的餘地。砍倒一棵雪松是多危險的事，所以他得把妹妹帶開。這種事情是無可挽回的——因爲人生起落如此輕易就能傾覆幸福。因爲一個童年可以失衡，一具軀體可以毫無反應，許多父母可能受苦。有一天，老師問他之後想做什麼，他回答：「哥哥。」

他的妹妹，這個小女孩看起來無憂無慮，既純真又美麗。有時她會替孩子打扮，把他當作是一尊活的洋娃娃。哥哥不喜歡她這樣，皺著眉去除掉孩子臉上的妝、拿下蕾絲花邊的帽子和一堆手環。他不會對她生氣，反而從中感受到一種充沛活力帶來的安慰，這樣的嬉鬧令他開心，免得他總像個老頭那樣待著。他從她身上汲取自己不再擁有的歡樂。妹妹似乎還沒實際意識到狀況，她繼續問著無止盡的問題，調皮搗蛋，沉浸在她虛構的故事裡。她繼續當一

6 海奧勒（raïole）是源自塞文山區的綿羊品種，在奧克語意味著皇家、高貴（royal）。

個小孩。他羨慕她如此甜美的天眞。直到那次，附近村莊有個女孩來找她，兩人一起在院子裡玩耍。女孩朝哥哥努了努下巴，問她有沒有其他兄弟姊妹，她說沒有。

一天，白天看顧孩子的托兒所通知父母，說孩子恐怕不太適合繼續留在他們那裡了。那是個靠近市區入口的機構，一般來說，他們收留的多半是弱勢兒童，等待安置的、處在過渡期的，有時的確也收幾個輕微身障者，但不是孩子這種等級。托兒所的僱員沒有可用的設備或物資，遑論經過特殊訓練。加上這陣子以來，孩子有時會因爲神經性痙攣而抽搐，眼睛眨得飛快，拳頭一顫一顫抖動。那是輕微的癲癇發作，醫生先前有提過，不會對他造成什麼不適，服用幾滴利福全就可以緩解，但是發作時的樣子太不尋常，旁人看了會害怕。還有，好幾次孩子在吞嚥時嗆到，托兒所那些女托育員看他咳成那副德性都嚇壞了，束手無策。流感就別提了，要是如此脆弱的身體染上了還得了。所以，得想辦法替他找到適當的位置。有沒有什麼單位、機構還是特殊的中心？父母問道。非常少。國家要的是強壯、部件運作良好的子民，它不歡迎異類，它什麼都沒替他們準備。學校拒他們於門外，交通工具沒配套、道路充滿陷阱。國家沒有意識到，對某些人來說，少那麼一階、凸那麼一塊或是有一個坑洞就等同於懸崖、高牆和深淵。那麼，有哪裡可以讓這些適應不良的孩子……從面向院子那扇敞開的門，我們能聽到，也能猜測那些零散的訊息與提出問題的人的聲音。這些年來我們看過許多類似的孤單時刻。因爲父母無依無靠。他們開始習慣進城跑各種馬拉松式的行政程序。我們目送他們大清早出門，走到上面的小停車場，急急忙忙坐進車裡，帶上兩個三明治和一瓶水。這一奔波可能就是一整天。市公所、社會服務處、所謂家庭扶助單位、政府部門……這些只是雪上加霜，增添事情的難度。這一趟路毫無人性且寒風刺骨，沿途豎立著各種縮寫的牌子：MDPH（省立殘疾人士接待機構）、ITEP（治療暨教育與教學機構）、IME（醫療特教機構）、IEM（運動特教所）、CDAPH（殘疾人士權利與自治委員會）。承辦人員要不就吹毛求疵到不合邏輯的地步，要不就是打馬虎眼，漫不經心得令人憤恨。不一而全，視情況而定。父母兩人在晚上的時候，小聲說著這些事。他們必須遵從各種令人抓狂的規則，他們進到每個氣氛慘淡的空間，裡頭有審查員等著他們，這個人將會決定他們是否符合資格，能不能獲取某份補助、某種救濟、某類註記、某個**位置**。他們必須證明，家裡的生活從這個小孩出生以來起了變化，而且相應的費用都由他們自己承擔；必須證明自己的小孩確實特殊；一份又一份醫療診斷證明、神經心理測量評估，像寶一樣地收在資料夾裡，比錢包還珍貴。他們還被要求提出所謂的「人生計畫」，然而他們在這之前的人生就已沒有什麼計畫可言。父母還遇到其他類似遭遇的人，有些筋疲力竭、家財散盡，因爲補助來得很慢；有些得知甲地無法將檔案資料轉移到乙地，所以搬家後一切必須從零開始而錯愕不已。他們發現，每三年就必須證明一次自己的小孩仍是身障者（「因爲你們認爲他的腳會在這三年內重新長出來？」有個母親在辦公室大吼）。他們聽說有對夫婦瀕臨崩潰，因爲很顯然他們孩子的狀況沒有糟到足以獲得援助，但也沒有好到能期待被社會接納，由於無人能照顧，做母親的只好辭掉工作自己來。父母見識到這個巨大的邊緣三不管地帶，擠滿了沒有人關懷、既無計畫亦無同伴的存在。他們還學到，像是精神疾病這種表面無法判定的缺陷，難度更高。「所以非得我女兒斷手斷腳，你們才肯動起來？」一位父親在某個醫務社會中心的櫃檯，咬牙切齒，那裡只有早上才開。不只一次，哥哥看到他爸媽大清早疲憊醒來，傍晚無功而返；填寫各式文件、資料，排隊、東奔西跑申請醫療診斷證明，在電話這頭空等。他們會爲了某個日期或錯誤資料據理力爭，但最後只能屈就現實苦苦哀求，哥哥心想。這造成了他對行政部門難以平息的恨意。這是唯一毫無模糊地帶、深植在他身上的負面情緒。導致他成年後無法靠近任何一個櫃檯，不管是哪一種。他不簽署任何文件，不填任何表格，不去更新證件、卡片或各種訂閱，他寧願溢繳或付罰款，也不想多花一秒跟這種官僚主義打交道。他一生不曾申請過簽證，從沒踏入哪個公證處或法院，不買車也不買房。沒有人明白這樣的心理障礙從何而來，除了妹妹。她懂得替他處理預扣所得稅、退租電話、繳交互助保險費。唯一的例外是身分證，哥哥必須親自到場。妹妹會先預約、準備好文件，陪他到現場，全程不敢跟他多說一句。而他坐在塑膠椅上，全身緊繃滿頭大汗，一心只想逃走。

悲傷已到盡頭，父母轉而尋求其他解法。他們往更遙遠、更特殊、更昂貴的地方去。他們甚至打算把孩子送到國外，到一個不把非典型視爲重擔的國家。但他們打消了念頭，因爲一想到孩子離家那麼遠，他們就難以承受。黑夜來臨，母親走到院子，擦擦眼淚點了根菸。父親原本打算再給她倒點馬鞭草茶，旋即停住，轉身去拿了瓶酒。

他們聽聞有個某某之家，遺世而獨立，距離山莊數百公里遠，在一片草原上。那是棟L型建築，裡面都是跟他們家一樣的小孩，由修女照料疼愛著。她們住在那裡嗎？晚上會離開嗎？她們是當地人嗎？她們知道孩子很怕冷但羊毛會讓他發癢、知道他喜歡紅蘿蔔泥、喜歡摸草，而且砰的甩門聲會讓他嚇到嗎？還有，她們能面對他痙攣發作、被食物嗆到或是霰粒腫嗎？孩子眼瞼發炎的情況越來越頻繁了。上述的答案，哥哥從不曾得知。他痛恨那個單調、沒有石頭的景色與溫和的氣候。他認爲用牆把房子和花園圍得密實很是荒謬，難道他們以爲孩子有辦法拔腿就跑？穿過一道藍色的門之後是一片碎石地面，車子晃得厲害。那棟建築矮矮的，白色牆面，瓦片屋頂。有那麼一秒，想起山裡沙色的牆，混合著片岩與石灰的獨特色調，哥哥心頭一緊。他彷彿看到自己轉過身去，把孩子從汽車座椅抱起，跑到草原上，手還托著他的後頸。然而現實是，因爲沉浸在自己的想像裡，他沒有回應那些戴著白色尖角帽子修女的問候。

他沒有下車。他拒絕參觀那個空間，拒絕跟孩子道別。他專注聽著周遭聲響，那是孩子讓他學會的技能。後車箱窸窸窣窣的，行李被拖了出來（孩子最喜歡的淡紫色睡衣有放進去嗎？有沒有給他帶上河邊一顆小石子、小樹枝，任何可以讓他想到山裡的東西？）走在碎石地面的腳步、大門咿呀開啓、安靜、幾聲鳥的鳴叫但他認不出是什麼鳥、腳步聲再次出現、車門開開關關、引擎咳咳啓動。他讓那雙黑眼珠留在草原上，回到他的人生。

父親拿那些修女開玩笑，親戚打電話來，笑說這下可得經常跟「教皇派」打交道了。所有人知道孩子有人接手都鬆了一口氣。所有人，除了哥哥。

悲傷在他內心深處住了下來。他避開沙發上的抱枕，它們還留有孩子的身形。不再去河邊。不再準備清單，改變早上的例行公事。下課後很晚才回家，既然從此再也沒有人需要尿布或者紅蘿蔔泥。

他剪短頭髮，戴上眼鏡，投入嶄新的高中生活，就像那些太害怕回憶氾濫而盡可能傾注一切的人一樣。其他人就在他身邊，了不起的其他人啊，在他的弟弟與剩下的世界之間，營造出一種眼光，一道圍欄。他必須與他們共處，他很清楚。他融入其中的程度足以讓他不被孤立，但不會讓他敞開心房或有所牽絆。他混入團體，總是能找到人和他到自助餐廳吃飯，會去幾場晚上的聚會。他避免一個人但總是孤獨，一切都是計算與表面工夫。他醒來時總是熱淚盈眶，因爲眼睛睜開的當下，首先會聽見流水淙淙，隨即迎來的便是僅隔著兩步之遙、小床上已不再鋪有床單的確切。他感覺自己的心逐漸痲木硬化，成爲結實沉重的團塊，在下一秒無聲爆炸，迸裂爲無數鋒利的碎片，劃破他即將展開的一天。他摸摸胸膛，總是驚訝怎麼都沒有半點血。他喘不過氣，就維持這樣的坐姿，光著腳踩在六角紅磚上，曲著上半身。他隨意汲取一點讓自己站起來的勇氣，經過孩子的房間，迎戰空蕩蕩的浴缸。在盥洗盆旁邊，甜杏仁油已無用武之地。

不管到哪裡，他都得承受這種實體的空白。這是最難熬的。蒼白柔細的皮膚觸感、臉頰貼著臉頰、他的氣味、他頭髮的質地，以及那雙飄移不定的黑眼珠。從他腋下將他舉起的動作，被舉高高的身體靠在胸前，頸項感受到的呼吸。橙花的味道。一動也不動的寧靜與那樣的舒適，啊～那無邊的舒適，是他活著的依靠。他也得面對想知道別人是否好好照顧他的心情，那是他永恆的焦慮。一想到他會著涼，他就驚惶。寫作業、坐在校車上、摘取第一批無花果，孩子有可能在他做這些事的任何時刻冷到啊。兩種時間性的重疊令他難以承受。而這當中，可能還要加上別人是否粗手粗腳沒把他抱好。於是，他經常回到他用布巾把孩子蓋住的那個果園，凝望掉落一地的蘋果。杵在那裡只是徒勞，流連在記憶深處無濟於事，這些他很清楚，但是他無計可施，這是讓他狂躁的心靜下來的方法，與孩子在一起的一種形式。

有一天，他跟爸媽去參加一位堂妹的婚禮。他不喜歡人群，更別提那些過分雕琢的裝扮與約定俗成的禮節，但他懂得遷就配合，而且父母一臉幸福。他母親一頭秀髮吹得很直，父親俯身向她，她笑著。在草地圍著圓桌而坐，以遠山為背景，他把這一刻視為暫歇。對於跟他一樣的同類人，這樣的節慶提供了一種停頓。他搜尋妹妹的身影，在熱愛運動、忙著在兩棵樹附近練單槓的人群裡發現了她。忽然，一句話在耳邊響起：「愛不是凝視對方，而是攜手朝著同一個方向望去」，結婚證人透過麥克風說著。這句話在每場婚禮致詞裡從不缺席，好像來自聖修伯里。他痛恨這句蠢到不行的話，那是團隊的邏輯，不屬於伴侶。這世界多可笑，竟把愛情與某種目的連結；而且，真是遺憾，他們怎麼就不能理解，愛是讓自己淹沒在對方的眼裡，就算那雙眼睛看不見。他感到孤單。他稍微環顧四周，致詞還真有人在聽。他願意付出所有，換得孩子在身旁。他會把他放在草地上，深深注視著他。他記得法文老師讓他們讀《崔斯坦和伊索德》[7]這則神話時，他心中的震撼。他們最好是「攜手朝著同一個方向望去」！他們是融入對方、合爲一體。喜歡數學勝過文學的他，在這對戀人面前卻毫無抵抗力。他很清楚，若那請求是出自一份強烈的愛，任何社會規則都不值一哂。

長期累積下來的靈敏聽覺，讓他在剛入學的那所高中裡，不時被丁點聲響嚇到。他痛恨學校門前一堆混亂隊伍輪番發號施令、尖叫、吵鬧，但他不會表現出來。嘈雜的噪音令他紅了眼眶，因爲他會下意識尋找和煦的存在與寧靜，均勻的呼吸。說穿了，他心想，我才是那個適應不良的人。孩子此刻正呼吸著，卻無法與他相見；孩子依然存在著，卻離他如此遙遠。這些念頭造成的痛苦是那樣鮮明，逼得他閃躲、防禦。這是何以他停止閱讀而全心投入科學。至少，科學不會傷人。它們不會開啓任何連接記憶的通道，不追求情感。科學就像一座山，矗立在那裡，無論你見它嫵媚與否，它對悲傷都無動於衷。它擁有的是精準，它決定自己的法則，正確或錯誤，晴日或暴雨。哥哥沉浸在幾何學的問題裡，各種不用文字陳述的謎，運算在紙上鋪展開來，如同原始語言的手稿。那是一種論證，冷靜而撫慰人心。偶爾抬起頭時，他察覺內心一股對修女無法遏止、憤怒的忌妒，他於是又潛回數字裡。

7 《崔斯坦和伊索德》（*Tristan et Iseut*）是一則中世紀神話，述說英格蘭康瓦爾郡的馬克王派騎士崔斯坦乘船前去迎接愛爾蘭公主伊索德，因為他們即將舉行婚禮。未料崔斯坦與伊索德卻陷入愛河。然而在現實阻礙與命運捉弄之下，這則淒美的愛情終將以悲劇收場。

多年以後他會明白，這些女性，她們也跟他一樣，在語言之下的世界達到一種前所未有的高度，有辦法不靠隻字片語或手勢來交流。他會明白，早在很久之前，她們便領悟這種如此特殊的愛。最細緻、神祕、輕易揮發的愛，棲息於動物敏銳生猛的直覺之上，預測、給予，認出當下充滿感謝的微笑而不求回報，一抹安詳如石頭般的微笑，無所謂明日。

每逢假期來到，他們一家便翻山越嶺，到草原上把孩子接回來。哥哥看到藍色大門近了，聽見輪子在碎石地面的顛簸。他沒有下車。修女抱著孩子走下台階。她們好好托住他的頭，耐心地將他固定在後座那個特殊座椅上。母親憐愛地摸著孩子的頭髮，向修女道謝。哥哥直視正前方，他的胃、手指、太陽穴都感受到心臟的跳動，他感覺整個人就要爆開了。他聞到一股新的氣味，不再是他熟悉的橙花香，而是更甜一點。他也感覺自己就要俯身靠近他的頸項，把臉頰貼在他的臉頰上，如此令人惆悵而懷念的碰觸。於是，他以一種絕望抵抗的姿態拿下眼鏡。這麼一來，他就不怕會看見他。因爲看見他，意味著從零開始。它會啓動某種機制，讓他回溯所有沒有他、無法感受這柔細皮膚與笑容的日子；會描繪出更痛苦的下一次離別。看見他，便是一次摧毀所有勇氣的拚搏。意思就是，倒臥地上並死去。

哥哥於是把眼鏡收好，整段路程咬緊牙根。他強迫自己把頭轉向車窗，如在霧中。綠、白、淺褐的點點色彩紛至沓來。有那麼一瞬間，他讓步了，轉頭望一眼靠近另一邊車窗的特殊座椅。他放心了，他什麼也分辨不出來，頂多是那瘦瘦的小腿肚如今拉長了，還有，他腳上穿的是什麼？襪鞋，哪來的？他打斷自己，又強迫自己回來。他也不管妹妹正觀察著他，只專注盯著車窗外的朦朧，不時揉揉發燙的眼睛。母親在休息站替孩子換尿布，餵他吃點東西，在他耳邊絮絮叨叨。看到孩子備受疼愛讓哥哥安心下來。但他執拗地對這個弟弟視而不見，生怕自己沒頂。

他們抵達了院子。首先是充滿活力的腳步，那是妹妹。她不再是小女孩了，但依舊活潑、元氣滿滿。這次，她對哥哥多了一分留意，輪到她照顧他了。接著是哥哥，兩手空空。跟在後面的是母親，她抱著孩子，小心走著。孩子長大了，屁股到頭的距離頗長，而且抱他的時候還要維持他背部平坦。她先把他放在院子那些大坐墊上，再去開門。於是我們看到，哥哥拉了張塑膠椅，離他弟弟遠遠的，坐著，瞇起眼。他試著辨識他的輪廓。他還沒戴上眼鏡，因爲他沒有勇氣看清楚。然而這一趟路讓他明白：若是永遠見不到他，這也一樣超過他的能耐。因此，他嘗試好歹也要看清楚他。

整個假期他都在做這件事。窩在院子，藉口說要算數學，接著抬起頭……他眼睛都要瞇成一條縫了，整張臉扭曲，只爲了猜測孩子躺在哪裡；他不再餵他吃飯，不跟他說話也不碰觸他，但母親幫孩子洗澡時，他會在旁邊搓洗自己的手，頭轉向浴缸，一洗洗好久；他會在沙發旁揀菜削皮，但動作經常中斷，他用盡力氣只爲了讓自己撐住，他很確定：不要靠近他，不要把臉頰貼在他的臉頰上。

近視讓他只能瞥見一個恍惚的殘影，他不得不求助於聽覺。他傾聽弟弟的呼吸、不時的輕咳、吞嚥口水、嘆息、呻吟。夜裡，他會猛然驚醒，把自己從可怕的場面裡抽離出來。他把床單拉平，在六角紅磚上前進，打開門——就開那麼一點，只要能瞥見渦形白色鑄鐵床架就好。他不會再多走一步。他傾聽孩子的呼吸。千萬不能靠近，否則後悔莫及。他站在門後，心被撕裂，渾身顫抖。這很荒謬。但就是如此。面對考驗，他適應著。

夜晚，他起身走到院子，貼在牆上，額頭抵著我們，雙手舉到臉的兩側，壓住。他伸展身體，準備好要面對。

時光流轉。某個夏天，哥哥，他幾乎已長成年輕男子了，整理好背包準備跟朋友會合，目的地也在塞文山區但是離這裡比較遠。一個幾天的小旅行。他跟爸媽道別，穿過院子，那當下，忽然，我們看到他轉身。有什麼好大驚小怪？世上沒有永恆不變的事物，即便是我們石頭也會化爲塵土，而之於他，該是重新修復的時候了。是因爲孩子離開的日子逼近，抑或這幾個月與孩子分隔的痛苦太過？是因爲成熟或相反地，是因爲始終無法長大，無法理性看待而導致筋疲力竭？無論如何，在他踏出木頭大門之前，心中已有決定。**置身事外**地活著，已然不可能。他試過了。他拿掉眼鏡、建立其他關係、參加各種活動來塡滿日子。他做了他應有的搏鬥，滿足於那模模糊糊的輪廓，成功地不在失眠的夜晚靠近那張床。而結局不過兩句話：**置身事外**地活著，已然不可能。哥哥放下他的背包，爬上樓梯。

他的腳步帶他前往那個通風良好的房間。他推開門，走向渦形白色鑄鐵床。孩子，一如往常，仰躺著。他長大了。他穿著十歲孩子的淡紫色睡衣，套著綿羊毛襪鞋。他的拳頭握起，嘴巴微張。完全就是他的模樣。一雙黑眼珠飄移不定，眼神沒有明確的路徑，聽著敞開的窗傳來的流水與蟬聲。哥哥像抓住欄杆似的緊緊抓住床架，俯身向前。孩子的頭往窗戶那邊偏去，露出圓潤光滑的臉頰。哥哥貼上自己的臉頰，彷彿倦鳥歸巢，終於得以鬆一口氣而淚流不已。這幾個月以來埋藏的字句一一湧現。他像過往一樣跟他訴說，毫不費力，臉頰貼著臉頰，以孩子熟悉的音調。他對他訴說他可悲的伎倆，種種諸如拿掉眼鏡免得看見他的嘗試，他訴說著沒有他的日子怎麼過。他的心敞開一如熟成的果實。然而孩子沒有笑，甚至連眼睛也不眨一下。他看著別處，平穩呼吸著，一如往常。他不再認得他的聲音。哥哥多久沒對他說話了？他站起來，一臉蒼白，抓起背包，前去跟朋友會合。

他撐了四天。第五天一大早，他在栗子園附近攔到一輛車。下午，他用肩膀撞開木頭大門，大步跨過院子，在父母一臉錯愕下穿過客廳，逕自奔上樓。就當作這四天以來什麼都不曾發生：床、敞開的窗前被陽光輕輕觸摸的薄紗簾、嘩嘩的激流。他猛然打開門。重新俯身床前，氣喘吁吁。他對他說著，斷續、結巴，不再強忍他的害怕，學會把自己拋在腦後。他像幾年前在果園那樣哭著，淚水弄濕了他弟弟的臉，親著他的手指頭，請求他的原諒。孩子呢，他睫毛一眨一眨，咧開嘴巴，發出細細的、快樂的聲響，音調持平單一，直到最後一秒輕輕揚起、散去。哥哥宣布他會在這裡過完這個夏天。

他走向許久不見的種種。有一天，他弄了一盆溫水到院子，拿了剪刀和梳子。他在大坐墊旁跪下來，溫柔地沾濕孩子的頭髮，一邊用毛巾輕拍他的額頭。先剪掉他這一側的頭髮，接著雙手托住他的臉頰，把他的臉轉過去，重複一樣的動作。幫他擦拭的時候下手極輕。那些手勢都回來了，無懈可擊。不過這一切需要時間，而夏天只停留兩個月。當車子在草原上的那棟建築門前停了下來，哥哥沒有下車，也做不到跟他道別。

然而，高中的日子不像之前那幾年那麼痛苦了。他知道他的弟弟受到庇護。他對自己未來的人生有了定見。這是第一次，這兩個事實互不衝突。想起那些修女時，他心中不再有憤怒。她們把他照顧得很好，他放心了。他記得，每一天從渦形白色鑄鐵床傳來的幸福歌聲，讓他得以汲取能量。他從數學中抽離去聽點音樂、看電影、發現與人交談的樂趣。當然，他知道他永遠不會像那些開心果擅長活絡氣氛，他沒有他們那種自在。他總是備好一張談話的主題清單，免得不巧遇上無話可說的空白，或被侵入式的問題打亂陣腳，或因某一句話而激動、某種放鬆的情境而軟弱。他不能任由他人觸碰。那是他的禁地。代價太昂貴了，於是沒有人察覺他心中恐懼的團塊，不過他成功地讓自己降低了警戒。他瘋狂大笑，也懂得放飛自我，甚至隨意談了個戀愛。他能付出的就這些了。想到孩子時，他會笑。他在遠方也在此處。哥哥在一道蜿蜒急促的水流起伏中，在充滿細碎白花的空氣中，在一陣揚起的風中感受他。他感覺聽見樹在河流兩側窸窸窣窣。世上的美都欠孩子一份情。這樣的信仰轉變爲堅實的肌肉與盔甲。想起下次假期與孩子的重逢不再讓他難過糾結，相反地，他感受到一股喜悅湧上心頭，安穩而足以讓他下次不必拿掉眼鏡，好好享受兩人的時光。他迫不及待想尋回那份清靜。那是一種嶄新與強大的情感，因爲考驗終於蛻變爲力量。他忖度著孩子的付出：的確，也許他是個適應不良的小孩，但有誰能像他創造出如此的豐盈？孩子僅僅作爲一個存在，已然替他帶來無可比擬的體驗。就算他失去一些習慣：諸如對別人吐露眞心、敞開自我、邀請朋友等……作爲交換，他得到了這份可貴的愛。他第一次考慮，下回車子開到草原上那棟建築門口的時候要下車，或許還會和修女聊個幾句。

他正進入重生之際，他們告訴他孩子死了。像他活著的時候那樣安詳地走了，那些哥哥永遠不會和她們聊個幾句的修女說。他那脆弱的身體機能只是單純就此打住，以呼吸停止的形式放手，不帶任何暴力。流感疫情升溫，咳嗽與癲癇發作次數越來越頻繁，呑嚥越來越慢，吃飯的時間拖得很長。他付出能力所及，以他所擁有的那些來應對人生。這些點滴原本汲取自存糧，如今耗盡乾枯。某一天的清晨，孩子再也沒有醒來。

修女頻頻拭淚。孩子的遺體被安置在一個特殊的房間，在最尾端的洗衣房旁邊，等待家人。現場有些熟悉的聲響，搭配著低聲交談與踩在磁磚上的腳步聲。哥哥什麼也不懂，行爲舉止像個機器人。他只是想著，這是他第一次進到這個房子，孩子度過好些時光的地方。走廊聞起來像是溫溫的食物泥。床都在牆壁一半高的位置，周圍架有高高的活動式欄杆。哥哥注意到床上沒有抱枕和絨毛玩偶，這考量很周到。被子有點泛黃。牆上貼有小鴨、小雞和小貓的海報。沒有半張圖畫，因爲在這裡沒有一個孩子能握筆——他自言自語。窗戶外面是花園。他們有沒有打開窗戶，讓孩子聽聽外面的聲音呢？他想是有的。

進入那個房間的時候，哥哥拿掉眼鏡，閉上眼。他碰觸到硬硬的邊緣，應該是棺木。他俯身，鼻子感受到冰冷而柔軟的表面，那是臉頰。他短暫睜開眼，看到半透光的眼皮，上面布滿細小的藍色紋脈。睫毛在蒼白的臉上形成剪影。微張的嘴不再吐出任何溫暖的氣息，這是必然的。膝蓋微微彎曲，但因爲特殊的生理結構，它們往兩邊打開碰到棺木內壁。雙臂被擺放到胸前，手握成小小的拳頭。哥哥問說能不能帶走淡紫色睡衣。

山莊裡，穿著睡袍的母親攀住丈夫的肩膀，隨即搖搖晃晃倒在他身上。他將她攬進懷裡，兩個人一起跌坐到地上。妹妹全身僵硬，呆坐在她房間的窗前，盯著院子上方的山，直到黎明第一道曙光來臨。哥哥什麼也沒做。這些年來，這是第一次，他沒有在夜裡起身，前來院子，貼著我們。

喪禮來了很多人，當然，孩子一個也不認識。通常人們是爲了死者的父母而來的。院子裡滿滿都是人。接著，所有人慢慢往山上走，因爲在這個地區，人死了都會葬在山的深處。這戶人家有一塊小小的墓園，兩根大石柱杵在地上，渦形鑄鐵圍欄令人聯想到陽台，不過哥哥想起的是小床。堂兄弟妹打開帆布椅凳，在草地上架好他們的大提琴，拿出長笛。音樂奏起。

要掩土的時候，所有人退到後面，讓哥哥獨自一人留著。他絲毫沒有察覺周圍正在發生什麼。他們體貼地降低樂音。當棺木就要沒入山腹時，他猛然一驚，那恐懼的強度甚至令他一陣疼痛：「要確定他不會著涼！」

接著，雙眼牢牢地盯著土地慢慢將孩子吞噬。意識到這是最後最後的道別，他用低到沒有任何人聽得見的聲音許下承諾：「我會替你留下痕跡。」

那位醫生——給孩子診斷並追蹤他八年的醫生也來了。他想讓大家知道，這個小孩活過了遠比他原本能活的時間。他還說這個出乎意料的小生命，證明醫學無法解釋一切。是因爲他獲得了愛吧，父母喃喃說著。

自此以後，哥哥不再與人建立連結。建立連結，這是多麼危險，他心想。我們所愛的人如此輕易就能消失。他長成一個將幸福的可能繫在失去的可能身上的大人。逆風或順水，他都不再讓生活有懷疑的權利。他失去平靜。他加入了那些心中有某個片刻嘎然而止、永遠懸置的群體之中。在他身上，某種東西已然石化，但這並不意味毫無知覺，而比較是一種持久、不動、任憑日子流逝都無可逃避的相同。

他同時也處在一種警戒狀態。往往開完一場會議，或走出電影院打開手機時，他才會鬆一口氣——沒有令人驚慌的訊息。沒有心碎、沒有災難，命運沒有奪走哪個親愛的人，而家裡一切安好。若有人遲到個五分鐘，若公車突然減速或哪個鄰居幾天不見，他心裡便會升起一股緊張感。擔憂在他身上紮了根，像山裡的無花果樹那樣萌芽，堅實而頑固。也許哪天這種狀態會過去。也許不會。

深夜裡他又會坐起，頸背濡濕，滿腦子都是孩子的身影。他夢到他發生了壞事。他想要確認他是否無恙，這才想起他已經不在了。他總是訝異事件的記憶如新，歲月的流逝彷彿起不了任何作用。他弟弟死亡的時間始終停留在前一晚。人們告訴他時間會療癒一切，他透過這些夜晚來檢驗。實際上，時間什麼也沒療癒，恰恰相反，時間往深處挖，重新讓痛苦活過來，每一次都加重了那麼點。憂傷——這便是他僅存與孩子有關的事物，他不能從中逃脫，逃脫即意味著永遠失去孩子。

他起床，吃點東西。看著窗外的城市夜景，比山裡安靜許多。他花了一些時間才適應城市。好一段時間裡，看到狗繫著皮繩他都忍不住驚愕。而夏天一片靜默，沒有蟬也沒有蟾蜍。彷彿是一種下意識，三月時他便會抬起頭，留意第一批回來的燕子；七月時豎起耳朵，傾聽雨燕。他尋覓著氣味，動物的糞便、馬鞭草、薄荷；尋覓著聲響，綿羊的鈴鐺、流水、昆蟲嚶嗡、風刮過樹幹。然後，原本只識得陡峭的他習慣了平地，習慣了沒有腳印足跡的地面與女人的高跟鞋。他擁有的知識與城市格格不入。栗子樹無法在超過海拔八百公尺以上的地方生長，榛樹的質地最軟最適合拿來做一把弓，知道這些有什麼用？毫無用處，但他習慣了。那些無用的知識，他懂。

夜晚，在窗前，他想起激流中柔軟的赤楊枝條、土耳其藍蜻蜓。最後，他總是拿起相框，那張他最愛的相片，在河流旁邊拍的相片，被他拿去沖洗放大。他仔細看著。幾乎能感覺自己躺在石頭上，接近孩子那張小臉的高度。他那大大的黑眼珠等一下就會偏到一旁去，但在相片上，人們會以爲他正在看著什麼。厚厚的頭髮被風壓得平平的。胖嘟嘟的臉頰像召喚著愛撫。周圍，杉林看顧著。

河水嘩啦啦地流著，在陽光底下閃閃發亮，露出他妹妹細細的腳踝，她低頭看著一排小石子堆起的迷你水壩，然後轉頭望向他，眼睛直直盯住鏡頭。在他們上方，奮力在簇簇針葉中撥開一小片空間的藍天，彷彿滾著花邊。這張相片的細節，他可以一路說到清晨。

接著，他上班去。

他發展出那樣優秀的數學頭腦，好到讓他成爲一家大企業的財務長。數字不會背叛你，它們如此可靠，不會帶來任何錯誤的驚喜。每個早晨，他穿上深色西裝，跟其他也穿深色西裝的人一併搭公車。他不喜歡所謂的其他人，但是他個性寬容。在公司裡，他沒有特別交什麼朋友，維持單純的同事關係就夠了，至少不必自己一個人在大樓的自助餐廳吃飯，星期日偶爾也會受邀聚餐。他知道必須這麼做才能夠銷聲匿跡。他不引起戒心，也不激起好感。他只是眾多三十歲青年裡的其中一位，像是人群中隱形的輪廓，命運之神會將他遺忘，讓他落得清靜。而沒有人知道，他之所以對計算、圖表、收支欄、複雜的銀行業務、帳務平衡掌握得這麼好，正是因爲他是隨機的獵物。沒有人懷疑在這位西裝筆挺的主管後面，有個讓黑眼珠跳舞的怪小孩。

他沒有婚約也沒有小孩。這些，他讓給妹妹。她會生下三個女兒，她們會在院子裡尖叫嬉鬧，不過僅限假期時——因爲妹妹後來在國外生活了。找個地方、一個丈夫、幾個孩子，她遠離這裡，給了自己一個正常的人生。他仍然受困牢籠時，她竭盡所能塡補這份落差帶來的詛咒。然而也許，他心想，這是她看著他、看著這個哥哥活成這副德性之後的體悟。總歸一句，這是他身爲哥哥所扮演的角色，走起路來像個偵查兵，示範哪些事情不該做。

我們，這些院子裡的守護者，跟他們的父母（如今住在河邊另一棟房子裡）一樣殷殷盼著他們。我們認出沉重大門伊呀的聲響，長途跋涉後舒緩的嘆息，搬到花園的桌椅。我們看著他們晚餐，我們品味著這幅千年的畫作，演繹世代的生生不息。我們知道妹妹帶著一家人回來時，哥哥不久也會抵達。他們仍然非常親近。她把要簽的文件給他，提醒他哪些到期，哪些退款，哪些要續約。她要他出門走走、交交朋友，他報以一個笑容，說我一切都很好。而我們相信。無論到哪裡，特別是在這裡，他都帶著在某個墳前許下諾言的記憶。他留下痕跡。他可以在河邊一坐就坐好幾個小時。我們看見這個高大的男人在杉樹下，注視著蜻蜓與水黽。我們知道他的靈魂流淌著痛苦的血，我們清楚看見他的手溫柔觸摸著那些孩子的頭曾靠著的石頭，但我們同時又感受到某種平靜。有時，他靜立著，面對從前好一段時間裡在我們影子底下堆放大坐墊的地方，傾聽午後的到來。堂兄弟妹來這裡的時候，他會跟大家一起聊天，笑著回想往事。他們也都有了小孩。他喜歡看那些小孩打造著和他類似的記憶。他禁止他們靠近磨坊，幫他們修理三輪車，要求他們到水邊一定得套上臂圈。他只能透過各種擔憂來愛著。他永遠都是哥哥。

晚上，最後一個整理院子的人是他。他用水柱沖刷板岩地板，給繡球花澆水，還有不能少的——走近我們，慢慢地把額頭和雙手貼在我們身上。靠著微溫的牆，閉上眼睛。有一個晚上，他被五歲的外甥女撞見，她問：「你在做什麼？」哥哥露出溫和的笑容，沒有轉過頭，回答：「我在呼吸。」

妹妹

[La cadette]

打從他出生，她就對他不滿。精確地說，是母親拿著一顆柳橙在他眼前晃過，得知他看不見的那個時候。她房間的窗戶面對院子，她看到水果圓滾滾的鮮豔，她母親跪著，她聽見她溫柔如歌細聲說著，然後就沒了。她還記得急躁的蟬聲、激流奔騰的傾瀉、樹群被風搖得噗哧一笑，然而，這樣的夏日旋律，無法取代她母親垂下頭，手上拿著一顆柳橙的場景。

她明白了，那個當下就是裂縫產生的當下。結束了。父親盡力展現樂觀，保證他們是全校唯一會玩點字卡牌的人，她可沒那麼容易上當。她清楚看見父親眼神流露出一絲黯淡，特別是他的笑容，只牽動了嘴角，而且兩眼空空，飄向遠方。但是她哥哥卻落實了這個謊言，還跟她交涉，讓他當第一個帶點字塔羅牌遊戲到學校的人，他保證只跟她玩。於是妹妹便同意了。

而現在，孩子支配了一切。

他吸走了所有力氣，她爸媽和她哥哥的。前者迎戰，後者將自己一併融入其中。輪到她，什麼也沒剩下，沒有任何能量給她支撐。

孩子越是長大，越令她作嘔。她沒跟任何人吐露這件事。整天都躺著、免疫系統脆弱，他是千千萬萬種疾病的囊中物，得有人幫他擤鼻涕、用滴管餵藥、滴眼藥水、咳嗽的時候要幫他把頭撐住立起來；吃個飯要用上一小時，因他吞嚥很慢很慢，中間不時得拿杯子從他那半張的嘴小口小口餵水，而且老是怕他會嗆到；他的皮膚是那麼嫩，連布料輕微摩擦、水裡的石灰質稍微多了點、肥皂太粗糙或碰到陽光都會過敏。他需要的是輕柔、溫和、軟嫩，那些給新生兒或老人家用的東西，然而，孩子這兩者都不是。他是處在中途的生物，是一種錯誤，卡在新生與老年之間的某個地方。累贅的存在，不發一言，沒有動作沒有眼神，也就是說，毫無防衛。孩子全然敞開。這樣的脆弱生出了恐怖，而且讓蔓延出身體的種種成爲優先考量。關於這一點，妹妹無法接受，這副身體怎麼永遠都在受傷。她尤其討厭他眼瞼發炎，那些霰粒腫，紅色突起的囊腫彷彿被黃蜂螫到。更討厭稠狀的眼藥水，尤其是利福平[8]，感覺給他眼睛敷了一層油。哥哥替孩子抹乳液，用修長的食指替孩子按摩眼皮的時候，她就馬上走掉。

她不喜歡他的黑眼珠，空洞到讓人發毛。不喜歡他的呼吸，覺得臭。也不喜歡他慘白的膝蓋，皮包骨，開開的。他們說，因爲長

8 利福平（Rifamycine），又稱立放黴素，一種抗生素。

期躺著，他的髖關節退化像鬆脫的鎖鏈；他的腳因爲從來沒踩在地上過，所以呈現拱形，跟芭蕾舞鞋一樣。她心想，如果不能支撐身體也不能走，那要這雙腿做什麼？

他們給他穿上羊毛內裡的皮製室內鞋，這樣的鞋他有好幾雙。每次她看到鞋子晃啊晃，都會先想到飽饉的屍體。

她畏懼孩子洗澡的時刻。躺著，裸著，那副身體的脆弱容不得一絲差錯。白皙的皮膚上肋骨突出，胸廓單薄，頭偏向一側，嘴巴一直喝到水。哥哥描述著自己的動作，音量放低但聲調抑揚頓挫。他托住孩子的後頸，騰出另一隻手替他清洗，輕柔洗淨皺褶處，用溫水澆淋他的身體。她仔細端詳哥哥俯身向澡盆的側臉，不得不承認他們驚人地相像。哥哥和孩子有著相似的輪廓，額頭隆起，鼻子細緻，下巴微翹，一雙黑眼睛略微狹長，髮量豐厚，嘴型偏長而線條俐落。在她面前，這個浴室裡展示的分別是卓越的眞跡與失敗的仿作，如此不幸的分裂。

而她，沒有感受到任何柔情。她首先看到的，是一尊慘白的人偶，像個永遠的嬰兒那樣索求呵護。

她眞該拒絕朋友來訪。家裡有這樣一個人要怎麼邀朋友來玩？她覺得丟臉。她在電視上看到一則廣告：「拒絕平凡。」這句廣告詞讓她深感被冒犯。她願意付出一切換得那麼點平凡，淹沒在毫無特色的人群之中：爸爸媽媽，三個小孩，一間在山裡面的房子。她幻想著那些哼歌的早晨，哥哥沒什麼事，客廳裡傳來音樂，星期五晚上有朋友來找她玩。那些普通的家庭，輕鬆度日，哪裡想過這是一種特權。

有一天，我們看到她穿過院子。孩子正躺在大坐墊上做著夢，一臉祥和。那是九月的一個星期三。其實，我們都知道，星期三應該有很多她的同學來家裡寫功課，接著在我們眼皮子底下吃點心，甚至會在我們身上刻下她們姓名的縮寫，就像這裡的小孩會做的事。但是這一天，對妹妹來說卻意味著孤單。於是她繞過那些坐墊，走往老舊的木製大門。忽然，她又折回來，走到孩子身旁，用腳踢了一下坐墊。坐墊幾乎沒怎麼移動（兩個很大的戶外坐墊，跟大棉被沒兩樣，相當重）。孩子連眼睛都沒眨一下，但妹妹明明已經踢得很用力了。她害怕地往屋子裡看了一眼，一溜煙跑走。我們不會審判她——我們算什麼？不過，我們對於人類與動物獨有的這種古老而荒謬的邏輯了然於心。還好，這與我們無關：脆弱會激發殘暴，彷彿活著的人想懲罰那些活得不夠好的人。

憤怒在妹妹身上生長。孩子孤立了她。他在她與家人及其他人之間畫出一條隱形的界線。她無時無刻衝撞著這個謎樣的奧祕：是什麼樣的神蹟，讓一個微不足道的存在能造成這麼多損失？孩子無聲破壞著。他展現出一種無差別的統治。她發現純眞也可以殘忍。她把孩子比做熱浪，不慌不忙地鑽入地表，使之乾涸，在靜止的狂暴中將一切破壞殆盡。天地的基本法則從來不感到抱歉。它們自顧自地行動，承受災難則是他人的責任。若要妹妹做個總結，孩子奪取了她爸媽的喜悅，讓她的童年變了樣，還把她哥哥佔爲己有。

妹妹從沒見過哥哥這麼專注。她瞠目結舌，目睹眼前這場變形記。她還記得那個天不怕地不怕的哥哥，話不多，有點狂妄，有辦法帶著一群堂兄弟到山上高處，趕走尖耳蝙蝠，或是在河邊掀起一場水草大戰。他是會追蹤野豬腳印、生吃洋蔥的人。她一直以來都怕他，也很崇拜他。她願意跟他到任何地方去。如今就因爲孩子，他再也不關心她的成長，甚至沒發現她游泳已經不用套臂圈了。她的哥哥去哪了？現在，他研究煙囪管道，因爲他生怕孩子會因爲煙霧窒息而死。他甚至連走路方式都變了。夏天比較熱的時候，他會到院子裡替孩子換位置，把坐墊挪到涼蔭處，就是在這個時候，她注意到他腳步輕盈，詭異地緩慢而堅定，搭配一種全然專注的節奏，走往如同小窩一樣的大坐墊。宛如動物走向幼崽的步履。不可原諒。

她的哥哥，一個強調忍耐的人，已經把她的個性磨到足以開打這場戰爭。妹妹首先從畫出地盤開始。哥哥看著書，一根指頭放在孩子的拳頭裡時，她便插手了。她走近壁爐，提議去採桑葚、做一支弓、去走那些夏季放牧的羊群走的路，那些山路極爲狹窄，容不下兩個人並行。哥哥很有風度，用眼神反問她。她鼓起勇氣，找話題跟他聊。她拚命想敲開這扇門。但是哥哥溫和地、幾乎是帶著感激地笑了笑，那個笑容等於全盤否決。他繼續看書，那根指頭始終留在孩子的拳頭裡，而孩子，他不懂何謂遺棄。

她推斷這策略不可行，她原本想對他說：「替我們著想，替我想一想」，現在只能消除這個念頭。她必須自我調整，貼著這場戰爭的輪廓前進。她學會了休兵與進擊。

休兵：發生在前往學校的校車上。每個早晨，天色還早，妹妹與哥哥會一起在省道邊的水泥候車亭等車。一看到校車在吱吱的煞車聲中減速進站，她便鬆了一口氣。總算，每前進一公里都將拉開孩子與她的距離。坐在哥哥旁邊，她喋喋不休，胡亂編著故事。他漫不經心地聽著，眼神在車窗外徘徊。無所謂，至少她可以獨佔他。而最美好的一次休兵，是他們一起去採野蘆筍的那個早晨。當時，所有大人都在山下忙著砍那棵雪松。所有人四處找他們，而他們後來也遭到處罰，那又如何？她感受得到，他想保護她，避免她被倒下的巨木壓傷。就像從前，父親把他們叫到院子去，告訴他們孩子眼睛看不見的那個晚上，他把手放在她肩上。哥哥的手放在她肩上，這種包覆的本能在當時之於她是多麼自然，她從未想過哪天有可能失去它。

進擊：便是每個沒有她的時刻。尤其是哥哥抱著孩子，把他放在激流旁的時刻。她看到他出發，踩在草坡上的每一步都確認再三，孩子緊貼著他。地點從來不變。她知道他會把他放在那棵杉樹下，兩道瀑布間水流平緩的地方。她總是會竄出來，打破那片刻的寧靜。她在水裡踩踏，用小石子堆起金字塔，抓水黽。她尖叫，展演浮誇的快樂。她在要一個位置，讓他們想起她。有時哥哥會拿出相機拍他們，妹妹和孩子，她站著他躺著，但從不單獨拍她腳踝浸在水裡的樣子。她主動盯著鏡頭，好宣示她的存在。

這樣還不夠。

她思考了半天，爲了避免徹底失去哥哥，也許應該試著像他那樣去愛孩子。她到院子把坐墊排好，但不耐煩的動作背叛了她。她猛然一拉，坐墊破了，裡頭塡充的白色顆粒散落一地。哥哥什麼也沒說，只是在購物清單添上一項：再買一個同款坐墊。妹妹不屈不撓。她試著關心蔬菜泥、帝拔癲[9]的劑量，還有聲音，因爲聽覺是

9 帝拔癲（Depakine），控制癲癇或痙攣的藥物。

孩子唯一擁有的。她依樣畫葫蘆，在他的耳邊揉著葉子，試著形容她看到的景物，只是字句怎麼也召喚不來。她覺得自己的行徑荒謬至極。她煩躁地嘆氣。她想搖晃孩子，命令他站起來，停止這場鬧劇，大家開始覺得累了啊。

她試著跟隨那雙黑眼珠從這一點到另一點。但是說真的，這雙失明的眼睛，讓她恐慌。她不喜歡那種游移的視線。有些時候，孩子的眼神在移動的軌跡裡與她交會，會讓她有那麼一秒的不適，接著那雙眼睛又繼續緩慢前行。儘管她非常清楚，就生理機能而言，那道目光是無法看見的，它是不合常規的，但他們對上眼時，她不由地在那雙眼睛裡讀到一種無聲的威脅：小心你的情緒，我知道你討厭我，但這不是我的錯，況且我們擁有同樣的血緣。

她也試著把臉頰貼在他的臉頰上。那個地方的皮膚，確實呈現一種乳白半透明的質地。但很快地，她不由地一陣痙攣，加上她不喜歡他嘴巴的味道，一種食物泥的菜味，爛糊糊。更別說他的尿布，若遇上要換尿布，她就撐不下去了。

她會把哥哥喊來，讓他來換尿布。她看他俯身，又發出溫柔到令人生膩的聲音，輕巧地抓起合不攏的腳踝，抬起孩子的屁股，順勢鋪上一塊乾淨的尿布。總會有那麼一個瞬間，她希望他暫時放下孩子，找她一起，就只有她跟他，去河邊坐著。

有時她想，一不做二不休，何不利用這個無法反抗的小孩找點樂子。她去搜出幾條鬆緊帶、化妝品、蕾絲領飾和髮圈。在院子裡，她盤腿坐在搖椅旁，給孩子臉頰畫上兩個紅圈圈，接著用黑色畫他的眉毛，眼皮撲上一點粉。順便拿他厚厚的頭髮來編辮子。孩子沒有表現出任何驚訝或反抗，只在刷子刷過他臉頰時，臉部肌肉微微動了一下，或在不知名的材料蓋住他的頭的時候皺了皺眉。突然，哥哥出現了，一臉不惱。他沒有斥責妹妹，只是把孩子抱起，讓孩子的額頭埋進他的頸項。在他懷裡，孩子像羽毛般輕盈，這一點，她做不到。

她抱過他，就那麼一次。當時她走近客廳的搖椅，鼓起勇氣，雙手伸進孩子腋下，把他抱起。但她忘了他的脖子沒有支撐力。那顆頭於是整個往後仰，脖子懸空晃呀晃的。她嚇壞了，雙手一鬆——孩子掉了下去，頭碰到搖椅布面，彈了一下又滾向胸部，上半身整個歪一邊，接著才停下來。孩子不舒服地哭了。那是哥哥唯一發怒的一次。他氣急敗壞地看著孩子那副模樣，額頭前傾，小腿懸在半空中，活像個關節扭曲錯位的木偶。然而他沒有怪罪他妹妹。他咒罵其他人的冷漠，不可思議，竟然沒人想到要把他擺正讓他躺好？就因爲他生來無法適應這個世界，就活該讓他歪著身體，扭著脖子？父母柔聲安撫他，他們明白哥哥這些擔心，但沒事了，孩子停止唉聲呻吟了，而且，他們給他買了一件小運動褲，要不要現在替他換上？他們也一樣，沒有責罵妹妹。

憤怒使她站得挺直。憤怒是一種珍貴的倔強，它是站得挺直的人的力量，那些躺著的人沒有權利擁有。憤怒允許她無聲反抗，允許她放在口袋裡的拳頭緊握，允許她在睡前對枕頭一陣連續捶打，作爲某種蠻橫而撫慰人心的儀式。當風變身爲瘋狂猛虎，山在暴風雨來臨之前因著一種不懷好意的喜悅而顫抖，她感到平靜。她抬起頭，面向黝黑的天空，嗅聞著奔馳在草叢間的緊張。河水彷彿發出轟隆燦笑。妹妹等待著雷聲和雨滴，只有這樣，她才總算感覺被同理。

看她老是蹙著眉，對他們的問話一概執拗地沉默以對，父母便帶她去看心理醫生。診所位於市區入口，車子得停在工業區的停車場。一開始，這個地方的巨大讓妹妹感到侷促不安，但她隨即放鬆了。吞吐著霓虹字母的招牌，倉庫般的商店，轟轟呼嘯的車流，這些跟暴風雨一樣使她冷靜下來。這裡有著一種過度，而過度令她安心。她願意付出代價，期望在心理醫生診間看到什麼誇飾極端、某種直接衝動而能引起她興趣的事物。不過現實當然恰好相反。她痛恨等候室裡的溫暖舒適，讓她感覺進入一個孵化箱。地毯、柔軟的扶手椅、精油擴香儀、幾幅鄉間風景畫，這些都讓她惱怒不已。

心理醫生頗年輕，聲音溫柔而眼神帶著好奇。她對他的提問都聳肩以對，他於是給了她一張紙一支蠟筆。她原本打算跟他說她已經十二歲，不是幼兒園小朋友了，但想到在等候室的母親，她接過了紙筆。

在那六個月裡，他就是讓她畫畫。到後來，靈感用罄，她便把整張紙塗滿顏色，盡可能用力使勁直到折斷蠟筆。

第二個心理醫生住在比市區更遠一點的小鎮。開車要一小時。那三個月他只是不斷搖頭。他全神貫注，聽著她反覆背誦學校餐廳的菜單。

第三個醫生住在較近的一個村落。診間位於一棟中世紀宅邸，裡面還有個家醫科的醫生、牙醫和一位復健師。這次，等候室頗簡陋，只有幾把塑膠椅。那些門照例開開關關，聽到唱名，某某某就站起來，其中有些人上了夾板打了石膏。這次的心理醫生是女的，髮髻蓬鬆，老到不能再老。她要求妹妹的母親一起進來。問了她許多問題。她是否有親自哺乳，晚上是否很晚才回到家，跟老公感情好不好，愛不愛自己的親生母親？知不知道「有缺陷的養育關係」可是會代代相傳的？看著自己的母親在椅子上畏畏縮縮，像個努力想達到標準的小學生一樣，妹妹不禁怒火中燒，爆出她原生根本的力量。是時候換女兒保護母親了。母親毫不抗拒地任由女兒拉起她的手站起來。心理醫生追著她們直到門口，她那高跟鞋的聲響像騾子啪達啪達的小碎步。「總之……」她話還沒說完，「去看心理醫生吧！」妹妹搶先大喊。一坐進車裡，她們便咯咯地笑了起來。母親把頭埋在方向盤裡，擦著眼睛。妹妹問她是不是在哭，於是她俯身把她抱住，母女兩人就這樣擁著，中間隔著車子排檔桿，緊緊貼著彼此。

有一天，母親那些住在城裡的朋友來拜訪。一如往常，孩子躺在那些大坐墊上，就在院子的涼蔭下。氣氛悠閒一派和諧，但是，像我們這樣年老的看守者，我們知道如何讀出潛伏的緊張。很自然地，母親忙著張羅喝的。她這些女性朋友往孩子那邊看了幾眼，現場可以察覺到某種不自在。她們決定開口了。他是四肢癱瘓嗎？他是哪裡不舒服？聽得懂我們跟他講的話嗎？當初是不是能預先知道他的「疾病」（她們用的就是這個字眼）？母親放下手中的冷水瓶，耐心回答。不是的，他的脊椎沒有斷，也沒受到什麼損傷，單純只是因爲他的大腦無法傳遞訊號。他不會痛，而且可以透過哭或笑來表達。他也聽得見。所以他是瞎子？是。他不會說話，也從來沒學會站？沒有。超音波檢查看不出來嗎？沒辦法。還是他在你肚子裡染上什麼病，或者因爲你本身就有什麼病？不是，這是基因造成的先天畸形，某個染色體有缺陷，無法預測或是治療，隨機發生在新生兒身上。

在那當下，妹妹不禁痛恨起母親這種態度，因爲她深知這樣高尚的行徑她做不來。我們可以聽見她內心碎裂的聲音，不幸的罪惡感。她心裡想著：在我身上，不存在任何透過簡單字句而來的慷慨善意，信任伴隨著風險，而我的母親願意承擔，她毫無畏懼地說出心裡的話。我做不來。我沒有屬於山區女性的那份修養，由岩石與塵土組成，經過世世代代英勇服從的打磨。腳踝像燒過的陶土般支撐她們的站立，而表面上的順從只是個幌子。那些與這裡的石頭相似的女性，人們以爲她們易碎（頁岩——Schiste這個字的起源，指的不就是「可被剖開、劈開」嗎？），但在現實中，沒有什麼比她們更堅固了。因爲，這些女人會隨著命運展現出機智狡猾。她們擁有從不挑戰命運的智慧。她們俯首稱臣，但是背地裡，她們接納、適應。她們預先備好支撐的基底，組織抵禦的力量，規劃她們的動能，反轉痛苦。我哥哥認爲忍耐最重要，難道只是偶然？要與之共處，而非正面衝突。我做不來。我這個做妹妹的，我鍥而不捨地反對。我衝撞、尖聲叫喊反抗命運，我不想知道目前力量並不均等。我會輸，但我執意不收。我是個只屬於自己的拒絕。我不屬於這裡眾多的女王。

她站起來，穿過那道中世紀大門離開去山上。她的球鞋在岩石上打滑但她不以爲意，脛骨多了一條血色傷痕。她循著羊群走的山路，坐在成片的蕨類上。遠遠的，她瞥見那三棵跟著農夫死去的櫻桃樹灰色的樹幹，它們的骨架就挺立在草地上。圍繞著她的，是完美的平衡。雨水滋潤了岩石，一股氣息從地底鑽上來，那是土地吸飽了水，根系鮮活的氣息。但是根系連結了樹、水塘、葉子與遠遠可聽見的羊鈴聲。此處有種不受拘束的和諧，令人忍無可忍。妹妹察覺她體內升起一股深沉、不公平的感受。眼前的自然就如同孩子，帶著無差別的殘酷。這份自然繼續在她身旁生長，擁著麻木無情的美，什麼也聽不見，連自家姐妹的憂傷亦充耳不聞。的確，天地的基本法則從未要求原諒。她站起來，撿一塊石頭，耐著性子凌虐一株小小的冬青樹。冬青的枝葉柔軟，不只一次彈回她臉上，像是小樹的自我捍衛。她穿著無袖上衣，手臂到處是刮痕。她繼續用石頭敲砸，直到只剩下散落一地的細枝和葉子。滴落的汗水讓她眼睛刺痛不已。

下山時，她遇到一隻野狗，睡在遮雨棚下，面對著堆放柴火的小屋。牠的姿勢很奇怪，歪著頭，四條腿彷彿砍下的樹幹，撇到側邊去。那是隻熱昏了的狗，但應該是幸福的。妹妹愣在原地，心想那孩子的怪異竟是會傳染的，她周遭的生命會衰弱扭曲，很快地整個世界將崩壞解體，哪天就換她醒來時，發現自己脖子無力，膝蓋沉重。驚慌攫住了她，她拔腿就跑，一路下坡奔到河邊的果園，被掉了一地的蘋果絆得一個踉蹌，再爬起來。她走進水裡。球鞋讓她不至於滑到，她持續前進，那裡有個陰影，水面暗沉，一隻水黽掠過，微微出現幾道細紋。雖然穿著短褲，還是彷彿有千萬根針刺著她的小腿肚、大腿、屁股。河水清洗她脛骨的傷口、手臂的刮痕、被汗水浸濕的無袖上衣與敷了一層薄薄泥土的，濕濕的皮膚。她胸口劇烈起伏，是因爲冷還是悲傷讓她顫抖，她不曉得。她內在浮現的疑問深不見底，幾個字眼刺穿她的心，「誰會來幫我？」河流給了她重量，撐著她，不讓她整個掉入想像的深淵。她張開雙臂，手指露出水面，攪亂了一池平滑。她就這樣待著，雙臂僵直、身體打顫。要是誰撞見了這個瞬間，準會嚇得半死。一個少女站在河裡，水深及腰，衣著整齊，身體呈現十字架狀，頭髮凌亂喘著氣。她試著讓呼吸平緩下來，閉上眼睛專心聆聽——她沒有想到自己正做著跟孩子一模一樣的事。午後的寧靜將她包覆，很快地，她便會聽見鳥兒啁啾，瀑布哄鬧。她感受到周圍巨大無比的山，沉浸在夏天的陽光裡，只有昆蟲嗡嗡，享受著這一片被烤得暖烘烘而近乎凝止的綠意。一隻蜻蜓茲茲飛過她的耳際。萬物重新就定位。山只是單純地等待危機結束，這是它延續千年的慣例——等待人類平靜下來。妹妹覺得自己像個情緒化的小女孩。她睜開眼睛，抬起頭，白蠟樹的枝葉錯落，像個屋頂。

唯一讓她心情放鬆的人是外婆。她在城裡過著退休生活之前是住在村落。她說自己是「爲城市而生」的人。她總是塗著鮮豔的口紅，踩著細緻的高跟鞋，褐髮梳成繁複的髮髻，永遠帶著手鐲，即使天冷的時候仍穿著布料輕盈的晨袍入睡，聖誕節那些夜晚則會換上緞面洋裝。不過沒有人是笨蛋，誰都知道她是個貨眞價實的塞文人。首先，因爲她會重複（她甚至根本沒有發覺）：「榮譽、忍耐與謙遜」，這個看似能解決一切問題的神奇配方。再者，因爲她在二戰時參與抵抗運動。這段經歷她從來不提，除了有一次，她帶孫女去看石橋護牆那邊挖的一條隧道。她們先下到果園，然後沿著河往上走一小段路，抵達石橋底下。在那裡，從厚厚的石塊中可以辨識出一道突出的陰影。那條隧道曾經庇護了許多家庭。他們從河的這一頭爬上去，把老人都揹過去，在又黑又深的狹窄通道中匍匐前進，而小孩一定走前面。

最後一點，因爲外婆一眼就能分辨出歐楂樹和李樹，她有辦法種活一排竹子（她在果園深處就種了一排，讓整個山谷驚艷），採集野菜來煮食。在扭曲的樹幹面前，她沉吟：「這棵樹不幸福。」她甚至能辨識出風的根源，精準指出它的誕生之處。她會說：「這一陣，來自西邊阿韋龍省的魯埃格，充滿敵意。它黏稠，會造成心絞痛，午後咖啡時光結束後，會有濛濛細雨。」而午後喝過咖啡，毛毛雨眞的就下了起來。她的耳朵那麼尖，不只能認出鶺鴒的叫聲，還可以說出牠們的歲數。她是扮裝成女爵的巫師，妹妹心想。

假期的時候，外婆會住在山莊的第一棟房子。小孩們只要穿過院子，沿著路走個一小段就到了。她獨自生活，但與家族關係緊密，就像村落間昔日互動的習性。她的露臺圍了一圈木欄杆，面向激流。另一邊是閃著紅棕色澤的陡峭山壁，站在木欄杆前伸長手臂幾乎就能碰到。嘩啦啦的水聲，在山與露臺這面牆之間的廊道被遏阻，接著大發雷霆，報以激昂的回音。妹妹喜歡這個地方，彷彿刮著岩壁，充滿泡沫碎裂的聲響。她喜歡露臺勝過院子——那個封閉、家人把她弟弟放在坐墊上的地方。

便是在這裡，坐在藤椅上，外婆俯身把一個木製溜溜球塞進她的手心，說道：「我也給了那些躲在石橋裡的孩子同樣的玩具。因爲人生總是有低潮，但我們還是可以再爬起來。」在外婆身旁，既沒有被偷的哥哥，也沒有會偷的弟弟。

她們一起度過許多下午。兩人關在家裡做香橙鬆餅（外婆很喜歡的葡萄牙點心），炸洋蔥圈，煮接骨木果醬。她們在蒸氣瀰漫的悶熱中，剝著燙手、剛煮好的栗子，接著放進銅鍋裡煮軟，讓它們釋放出一股香草糖的氣味。哪天她們就把果醬拿到市集去賣，然後來個「美甲體驗」犒賞自己，外婆說。她講起童年在養蠶場的事，那些偌大的廠房內部沒有牆也沒有門，人們稱之爲「蠶房」。裡面很熱，他們會放上桑葉和蠶寶寶，等待牠們吐絲結繭。「那些蠶繭啊，對我來說就是地獄。」外婆說。要輕巧地將它們分開，在蠶還沒羽化成蛾破繭之前用水燙過。妹妹一臉嚮往，試著想像千萬隻蠶啃食桑葉的沙沙聲響。「不用試了，」外婆對她說，「進步連同聲響也一起帶走了。[10]」

有時，外婆開車載她，帶她到山區較高處，開往那棵特別的樹。那是一棵從岩石裡長出來的雪松，懸在路的上方。照道理，這是不可能的，沒有哪棵樹能在石頭裡紮根。然而這棵雪松的樹幹如同天鵝頸，優美地伸向天際。外婆停下車，貼近方向盤，仰頭望著那纖細的枝幹，說道：

「這棵樹，他想活下去。」

她又說：

「就跟妳一樣。」

10 塞文地區自中世紀以來即有養蠶、繅絲的活動，至十八世紀時發展為蠶業、繅絲產業重鎮，尤以生產絲襪聞名。十九世紀中期因為蠶微粒子病，加上從亞洲進口的絲綢使得產業大受衝擊。二十世紀中，隨著外商帶來的競爭以及人造絲的出現，當地產業沒落消失，如今，過去的繅絲廠已成為博物館。

接著，她沿著路繼續往上開，直到抵達能夠凝視雄偉景致的高處。夾在兩座巨大山巒之間的谷地有它窄小的蜿蜒，閃著光的地方應該是河流，然後她們認出那個嵌在連綿皺褶中的村落，彷彿孩子窩在母親的腋下。然而，外婆不往下看，而是指著更高處的另一個，她的村落，她出生的所在，峭壁邊的紅棕石塊群，幾乎無法走近。

「它是在萬丈深淵的邊緣長出來的。」外婆說。

妹妹心想：

「跟我一樣。」

回程，她們安靜不語。妹妹任由手臂垂落在車窗外，外婆專心開著車。唯一的聲響是引擎機械運轉的轟隆，經過髮夾彎之前會稍微變奏，接著下坡又恢復平穩。不過，在轉往村落之前，外婆開啓了一連串問答。她就這樣突然開口，視線沒離開馬路：「誰的松果像毒蛇吐著小舌？」

——花旗松。妹妹回答，簡潔明快，眼睛望著窗外。

「我是年輕的白蠟樹原木，形容一下我的皮膚？」

——光滑、灰褐色。

「我的葉子形狀像棕櫚，但是沒有中肋……」

——銀杏。

「人們用滾筒機剝掉我的皮來治濕疹，猜猜我是誰？」

——櫸木。

「不是。」

——橡樹。

「對。」

外婆的話很少，而就像許多寡言的人一樣，他們用行動代替言語。她從城裡買回Walkman隨身聽，還有最新款式的球鞋。她替妹妹訂閱適合她年紀的雜誌，帶她到隔壁小鎮看剛上映的電影。所以妹妹在學校裡可以大聲說「我也是，我也看過《綠寶石》[11]。」她能跟別人深入討論摩登語錄合唱團[12]，身穿潮牌Chevignon[13]的圓領套頭長T，嚼著Tubble Gum牙膏口香糖[14]。外婆讓她能跟其他人平起平坐，給了她所謂的正常。很久以後，當妹妹變成了大人，她對一個朋友說：「家裡如果有一個小孩狀況不好，千萬別忘了要留意一下其他人。」接著再補充，像是說給自己聽：「因爲那些健康的人不吵不鬧，他們會去適應人生裁剪出來的輪廓，接納痛苦的形式，從不討價還價。他們是燈塔的守護者，儘管痛恨海浪又如何，拒絕只會招致大家的不便。因著某種責任感的引導，他們堅守崗位，在黑夜裡保持警戒，想辦法讓自己不冷也不怕。只是，不冷也不怕，這是不正常的。對這些人，我們要伸出援手。」

在外婆身旁，妹妹不再感到憤怒，儘管老人家也會照顧孩子。沒有什麼事情能逃過她那銳利的雙眼，她明白哥哥對孩子的依戀

---

11 《綠寶石》，1984年的美國冒險片，導演為勞勃・辛密克斯（Robert Lee Zemeckis），其代表作為《回到未來》、《阿甘正傳》。

12 摩登語錄合唱團（Modern Talking）是發跡於1983年的德國流行音樂雙人團體，主唱是Thomas Anders，詞曲創作和製作人則由Dieter Bohlen擔綱。

13 Chevignon是法國空軍風時尚品牌，創立於1979年。

14 Tubble Gum是1982年由Lamy Lutti開發的一種牙膏式口香糖，裝在像牙膏造型的軟管裡，邊擠邊吃。

與父母的悲傷。她用她的方式來幫助他們。每天，她會替孩子準備一份糖煮果泥，有時是蘋果口味，有時是木梨。她從家裡沿著那條路走來，穿過院子，在廚房桌上留下這麼一碗：給「囝仔」晚餐時候吃。有時若孩子的媽沒空，早上她得載他去托兒所，或去載他回來。她把孩子舉高高面對她的時候，手鐲便叮噹作響。她抱孩子抱得不是太好但夠穩，孩子的身體會有點歪扭但他沒抱怨。她不常跟孩子說話，她本性如此，不過有時在那碗果泥旁邊，會出現一雙新的室內拖、一包棉花，或是幾瓶生理食鹽水。她是怎麼知道這些東西缺了？明明沒有人提起。外婆就是知道。妹妹一點也不忌妒，相反地，外婆對孩子的關注減輕了她的罪惡感。

時光流轉，妹妹把孩子從她的生命中抹去，徹底忽略。她不管父母經過一天在行政機關的波折後那張受挫疲憊的臉，她視而不見，她不再問他們需不需要幫忙。父母宣布要把孩子送到數百公里外一座草原上的特殊機構，由修女看管時，她沒有顯露任何情緒，她揣測坐在旁邊的哥哥心中該有多煎熬。她寧可低下頭，把眼前那盆沙拉裡的番茄一個一個挑出來，還問說晚上能不能打電話給外婆，因爲她的好朋友諾亞米，竟然認爲密特朗總統比凱文．科斯納[15]還要帥，她一定得跟外婆好好討論一下才行。

孩子去了草原，她鬆了一口氣。那些縈繞不去的厭惡、憤怒與

15 法蘭索瓦．密特朗（François Mitterrand, 1916-1996）是法國第21任總統（任期為1981-1995）。凱文．科斯納（Kevin Michael, 1955-），知名的美國電影明星，亦是導演、歌手與電影監製。

內疚情緒隨之消失。他把她靈魂的黑暗面帶走了。她不會再有痛苦了。她甚至大膽期望哥哥能回到她身邊，儘管一開始，他就彷彿人間蒸發——這是她唯一找到的字眼，用以形容他那宛如被擦去的身影。他的每一步都流露出深不可測的悲傷，他一臉蒼白、眼神渙散、氣力放盡。他就像孩子。

她重新擁抱生活。她召集朋友，度過一個又一個的生日午茶睡衣趴（但從來沒在她家辦過），增加了運動量，討論《Ok!Magazine》[16]上的八卦，跟外婆寫信，替她接風。她喜歡在她回來之前仔細檢查那冷颼颼的房子，生火、鋪床，確認電熱水器運行無礙，稍微把露臺沖洗一下。外婆到的時候，妹妹不會擁抱她或親親她，但幾乎是在她的房子住了下來。她熟悉每個偏僻角落，哪個杯子磕碰缺角，轉動水龍頭的聲響，香草糖的氣味、廚房那塊幾乎用罄的肥皂。外婆找人整修了飯廳，選了開放式廚房，對她來說，這就是現代性的極致，她自己的母親老是關在廚房裡，那種畫面她實在看太多了。白色的廚房，淺色明亮的木頭，順著有著壁爐的客廳那個大空間的牆面延伸。外婆經常找朋友來家裡坐坐，瑪爾特、蘿絲、珍寧，妹妹跟她們一起喝咖啡。她們在沙發排排坐，如同一只古老項鍊上散發光澤的珍珠，放下杯子時手勢輕巧，說話間或留有空白。這不是因爲她們上了年紀的緣故——妹妹一開始也這麼以爲——那只是因爲其他人已經聽懂了，所以無需把話講完。留白使得她們的對話如夢似幻，充滿魅力。她們描繪出一則則斷裂的故事，處處是謎（「申克爾一家在那座挖空的橋……」，「我是在那天種的，那

16 《Ok!Magazine》是創刊於 1993 年的英國週刊，專門刊登皇家與名人相關消息。

條小溝渠……」，「對了！那個保證說……」，「我的手被蠶繭燙到的時候……」）從駭人的插曲到八月的盛宴、見一個愛一個的未婚夫，有時候，她們會咯咯地笑起來，而妹妹根本摸不著頭緒。那是一種從喉嚨發出來的笑聲，幾近刺耳，跟她們精心打理的外表完全不搭調。接著，她們又繼續這種處處留白的對話，「明亞哥的舞會，那個山頂……」，「我們到處找他的手指，嵌在……上面有婚戒……」，「一張德國人的臉，僵硬得跟鐵欄杆一樣……」她們搖搖頭、笑了笑，以幾聲嘆息或驚呼塡補那些空白。這些女人一起經歷過許多激昂熱烈，而這樣共同的基礎足以取代語言。

處在她們之間，妹妹忘記了孩子與哥哥。她不再在乎年歲爲何物。她試圖透過這些碎屑片段重建她們的記憶。夜晚來臨時，她母親會出現在客廳，跟瑪爾特、蘿絲或珍寧打招呼，「媽，很晚了，讓我女兒回家吧，晚餐時間到了。」妹妹不情願地站起來。想到要跟哥哥面對面讓她壓力很大。她學著逃離，因爲像從前那樣親近他會喚醒太多痛苦，暴露出離別引起的悲傷程度。靠近他等於一次摧毀所有勇氣的拚搏。意思就是，倒臥地上並死去。爲了這樣的不公平而死，爲了那個改變了一切的孩子而死。

於是她越來越少與哥哥交談。

但是她想辦法製造跟他的交集。從浴室走出來，頭髮還濕漉漉的時候；趁著她在等前往國中的車時，經由載他去高中的校車車窗（她好愛細細端詳他的側臉，他坐在車子前面的位置，眼睛直視前方）。有時她會撿到他遺忘在桌邊的眼鏡。有一次她無意間看到他的背影，呆立在果園，她不曉得他爲什麼會在那裡。她猜想，他大概是想起跟孩子的回憶，他應該曾經把搖椅搬過來，陪孩子在果園裡度過了一些時光。沒有她的時光，不屬於她的時光。

她都接受。接受，好過被排除在外。她寧願哥哥被痛苦淹沒，也不願他的快樂裡沒有她。一個不笑但不會轉身離去的哥哥。她也許失去了他，但至少找回了他的幽靈。

幾個月的時間，就在不帶眼淚、維持現狀的情況下過去。假期開始時，父母把孩子接了回來。他回來時她沒靠近。她很忙。她不是在外婆家就是在朋友家，她對朋友隱瞞孩子的存在，大家都以爲她只有一個哥哥，至於她爲什麼不邀她們到家裡玩，是因爲她家正在整修。

國中時期，妹妹不是太用功。老師常抱怨她太好動吵鬧，他們感到憂心。十五歲不到的小孩——他們說，哪來那麼多怒氣。法文老師要他們討論尼采的一句話：「凡殺不死我的，必會使我更強大。」她對這句話極其反感，毫不客氣地反駁，她對著一臉震驚的老師解釋：「這句話是錯的，那些殺不死我們的，其實會讓我們更脆弱。講這句話的人根本對人生一無所知，他是因爲罪惡感，所以才乾脆美化痛苦。」她咄咄逼人又充滿攻擊性，彷彿要宣戰似的，於是她爸媽就被約談了。復仇的召喚在她體內響起，越來越清晰。某種聲音煽動著她，與其活在毀壞裡，不如製造毀壞。她從理髮店帶著半邊剃得精光的髮型回家時，只有外婆覺得這造型很獨特。父母給了她一個疲憊的眼神，而哥哥什麼也沒注意到。

她不在乎院子、牆、我們。她毫不停留地穿過這些空間。她經過，腳步篤定而惱怒。倘若她注意到我們，大概是爲了把我們敲個一塊出來，好拿來打人。這股惡風，我們很熟悉，它讓身體彷彿通了電般的激動。我們在這院子裡見識過暴力。那便是從她，從我們這個親愛幼小的妹妹身上散發出來的氣息：渴求一種無可彌補、無可挽回。她嚮往著破壞與毫無回應的吶喊。從六月開始，她便流連村莊的舞會，眼睛畫上濃濃的煙燻妝，隨時準備戰鬥。那多半是些在地的小節慶，場地通常在網球場旁邊、青年活動中心或是露營車停車場，那些夠大夠平坦，能裝設音響系統、簡易舞台和小吧檯的地方。妹妹大聲說話，喝了很多裝在塑膠杯裡的Sangria[17]。燈籠引發點火的慾望。她跟朋友坐在一起，觀察從另個山谷騎著摩托車過來的那群人。在這些舞會裡，問名字之前他們會先問：「你從哪裡來？」被問的人會答：「我來自瓦爾邦。」「我是蒙塔迪耶人。」每一次，妹妹對如此肯定的回覆都欽佩不已。她確實來自某個特定的村落，那村落也確實位於某個特定的山谷，但她卻不知如何回答。她感覺自己與現實脫節，於是她選擇不回答。她挑釁、耍狠，存心引戰。有一次，在用盡力氣嘶吼的音響後面，終於給她遇上了。一個醉醺醺的男孩，火大暴躁地一把將她推倒。她嚐到了砂子和碎石的味道，當下耳邊響起的是辛蒂・羅波[18]的歌聲，〈*I Drove All Night*〉正飆到激昂處。她掉了一顆牙。前方的舞台隨著震天的音響喀拉喀拉抖著，她在後方站也站不穩，摀著嘴離開舞會。父親開

17 Sangria是一種西班牙傳統飲品，在紅酒裡加入水果（柑橘檸檬、桃子、櫻桃、鳳梨等，可依個人喜好調整）或直接以紅酒、果汁加汽水等調製冰鎮而成。

18 辛蒂・羅波（Cindy Lauper, 1953-），活躍於80年代的美國歌手，以敢秀、造型搞怪著稱，曾獲得葛萊美最佳新人獎。〈*I Drove All Night*〉（我整夜奔馳）出自她1989年發行的第三張專輯《A Night To Remember》。

車來接她。他每次都會來接她，而她通常是醉到吐，哭花了妝，滿臉流淌著黑色眼淚。這次，他遞給她一包紙手帕，一句話也沒說。一路上嘴角抿得緊緊地開車。

她上了高中。在這裡，她依然繼續討戰，不管在學校餐廳或下課時間。有一次，某個老師在課堂上嚴厲斥責她，她當場就把桌子給掀了。她遭到退學。父母在學期間找不到願意收她的學校，唯一願意的那間又貴又遠。他們幫她辦好註冊手續。她必須一大早起床去上學，就跟她母親上班的時間一樣。在車子後座專爲孩子所設的座椅上方，掛有一個旋轉玩具，那是一隻手上拿著兩串鈴鐺的微笑小熊，每逢轉彎就會叮噹作響，她恨死了那個聲音。

一天早上，孩子破天荒地出現在家裡。他發燒了，可不能傳染給草原上那棟房子裡其他的小孩。父母得把孩子留在家裡幾天，直到他退燒。母親請了幾天假，載妹妹上學時，她就把孩子帶著。妹妹溜到前座去，免得跟孩子對上眼。他們的母親轉開收音機，音樂充滿整個空間時，她聽見他舒服地喘了口氣。

車開到半路，孩子開始哼哼唧唧。因爲羽絨衣讓他坐得不舒服，卡太緊了。母親先把車停到路邊，解開安全帶，走去打開後座車門。破曉時分無垠的天空，露水，微濕柏油路的氣息，嘰喳的鳥囀傳入車裡。群山墨黑的輪廓在淡粉天色中格外醒目。不過妹妹偏好夜晚。她聽見母親輕柔地說話，把座椅的帶子解開，得把它們弄鬆一點才行。於是母親先把孩子抱起來，但不知該將他放哪裡好。孩子體重不輕，會往下滑，她一手托住他的屁股，另一手胡亂弄著帶子。妹妹沒有要幫忙的意思。她硬是坐著，雙眼死盯著前方，看著淡紫氤氳的水氣渲染山峰。母親最後還是繞到車子另一邊，打開車門把孩子放在椅墊上，接著再回去調整好座椅。她沒跟女兒開口。回到駕駛座時，額頭大滴小滴的汗，她把收音機的音量轉大。

妹妹相中了一門拳擊課。要去拳擊教室得沿著省道走，騎腳踏車有點危險，不過這樣最好。貼心的外婆替她買了上課該有的裝備。小臉隱沒在頭盔裡，短褲兩側有反光邊條。她在露臺爲她示範，一連串的低踢、前踢、跳踢、迴旋踢[19]（她踢壞了一個沙拉碗，恰好是給孩子裝果泥的，但並非故意。）她用力呼喊好蓋過激流的聲響；她一直出拳、踢腿，直到筋疲力盡。外婆坐在藤椅上，像看歌劇表演一樣鼓掌。

每星期至少有一次，她們會一起坐在壁爐前，翻看關於葡萄牙的書。那是外婆這輩子唯一一次旅行，她的蜜月旅行。她反覆說給她的孫女聽，最後總是會拿出一本老舊的攝影集，一翻開便是那個國家的地圖。塗了指甲油的手指著南方那一角：「卡拉帕泰拉」[20]，她喃喃地說。就是那裡，公車就是在抵達那個背著山、面對大西洋的白色村莊時故障的。她回憶著海浪的咆哮，猛烈的風讓樹貼著地面長，彎腰的樹幹像是屈服的記號，房子低矮，章魚被釘在牆上曬。她從那裡帶回了甜點食譜，五十年來反覆練習，比如妹妹超愛的香橙鬆餅。她愛這個字眼，「卡拉帕泰拉」，比起利福平好聽多了，她幻想哪天可以擁有這個名字的刺青。

19 法國拳擊包含了拳擊與踢腿術。

20 卡拉帕泰拉（Carrapateira），位於葡萄牙西海岸阿爾加維區的一個村莊，附近有兩個海灘，空曠荒涼的天然景致與巨浪吸引不少衝浪者前往。

一天下午，妹妹跟著瑪爾特、蘿絲和珍寧一起喝茶時，腦中忽然閃過一種確切的念頭：這些女人身上棲息著某種和平。她彷彿發現了天大的祕密，驚異不已。那感受就如同過去寧靜無憂的日子裡，她和哥哥碰上尋覓已久的小螯蝦的當下——難以辨識、小小黑黑的一團，在河底的石頭間悠游——讓他們深受震撼，忍不住發抖。外婆替她這些話語斷續、搽著藍色眼影的朋友斟茶；一個剃光半邊頭髮、畫著煙燻眼妝的青少女就在旁邊，而她們絲毫不覺得違和。妹妹察覺到她與這些老太太的差異。她失去了混雜著溫柔與接納的力量。她住的世界只有植物和如同植物那樣僅攝取必需營養來過活的人，一個只有樹和躺臥的孩子的世界，兩者混淆著。她的現下只縮減到這樣。突然，她覺得自己彷彿比外婆還要老。她倏然起身，老太太們的眼神只閃過那麼點訝異。她戴上耳機，把隨身聽音量調到最大，隨著辛蒂．羅波〈*I Drove All Night*〉的節奏，準備給群山一頓拳打腳踢。

週末，她起了個大早，因爲她習慣了與母親一起出門的早起。六角紅磚冷冰冰的，她經過孩子空蕩蕩的房間、哥哥堆滿東西的房間。她套上一件長背心溜出門。一道清新的薄霧蒙上她的臉，土地冒著煙，吐出白色而凝固不動的蒸氣。妹妹覺得她的記憶彷彿拿取了這片土地的形狀，憶起的殘片一如這團煙，無法往上升。只有激流嘩嘩的聲響點出覺悟，滾滾而來的永恆奔騰。山在她面前，預備起飛。山腳紮實踩住路的邊緣，山腰拱起迎向高處。妹妹站在橋上，雙手交叉在胸前，吸聞著空氣。她掂量著哥哥不在身旁的悲傷，他會多麼喜歡與她一起分享這些早晨啊～她自問要如何替一個活人哀悼，內心湧上一股對毀了一切的孩子的憤怒，其中又摻入了那麼點夾雜著厭惡的憐憫，他微張的嘴，他的呼吸，他不舒服或是歡喜時哼哼唧唧的畫面。接著，沮喪疲憊襲來，壓倒了一切，抹去種種疑問。妹妹站在橋上，擦著眼角。

「爲什麼你的朋友瑪爾特、蘿絲還有珍寧不會對我評頭論足？」

——因爲她們傷心。傷心的時候，我們不會去評斷別人。

「亂講，我知道有很多傷心但是惡毒的人。」

——哦，那他們應該是不幸福，不是傷心……

「……」

——再來點香橙鬆餅吧。

他們祖先曾經遭遇過的事，也發生在外婆身上。有一天早餐的時候，她在廚房倒下，一身輕盈的晨袍，伴著栗子與香草的甜蜜香氣。

他們在上午快結束時才發現她。瑪爾特、蘿絲或珍寧，是她們其中一個人來過，從大門的方格玻璃看到地上一隻塗著紅色指甲油的手，壓在一層白色粉末上，四周散落著陶瓷糖罐的碎片。救護人員很快就放棄急救。她在幾個小時之前就走了，他們對她父母說。

這是妹妹的世界末日。如同孩子的離開之於哥哥。

她是從她母親口中聽到的。她很擔心她的反應。那天晚上，從學校載她回來時，母親雙手緊緊抓著方向盤，直視著她：「你外婆今天早上死了。」妹妹聽從自己心裡的聲音做出回應：「沒有。」她母親呆住了，以爲自己聽錯。什麼叫做「沒有」？沒有這回事。

崩潰採取的形式，有時會與它想掩蓋的事物相反。絕望變成剛硬。妹妹的狀況便是如此。出拳的嘶吼、衝動、沸騰翻滾的憤怒，所有這些不斷衝擊她心門的洪流瞬間消失，讓位給冷酷的沙漠。她的心蒙上了一層霜。這種不妥協出自她的本能。妹妹變成了石塊。她的心被奪走了，不復存在，對她來說，已沒有出口。

她的腳步改變。我們立刻就發現了。不再急促、顫抖，而是一種軍人的腳步。她的行走充滿紀律，腳很穩，膝蓋打直，頭很正。她緩慢而明確地推開那道中世紀大門。同樣地，撥弄頭髮的動作也不再急躁，她的手彷彿遵循著精密的計畫，抓起一綹髮絲，將它固定在耳後。她的姿態帶有定見，有著某種排除了懷疑與情感的東西。

她的蛻變在某一個晚上獲得證實。那天，是她父親第一次失去理智。誰都不得不相信，情感的超載會消磨掉耐性。打從孩子一出生，父親就撐住了一家子。不只一次，我們看到他默默地凝視著他的兒子，接著去替他找來一頂軟帽。不過大部分的時候，他會開開玩笑，展現正面積極。某一次的聖誕夜，他盯著放在孩子室內拖鞋旁邊唯一的小禮物說道：「也好啦，孩子天生殘缺的好處，就是比誰都來得省。」逗得他老婆瘋狂大笑。

只有妹妹注意到，父親要處理木柴的時候，喜歡用斧頭勝過電鋸。全身大汗淋漓，那迸發的怒氣是她熟悉的。他高舉雙臂用盡全身的力量劈下去，伴隨著駭人的低吼，裡頭夾雜著壓抑與嗚咽，總之是她從未聽過的聲音。木柴碎裂，像刀刃劃破空氣。她父親有著塞文山區男人強健敏捷的體魄，然而此刻，浮現她腦海的是一具肌肉發達的龐然大物。他拔出嵌在木柴上的斧頭，再次垂直舉高，拳頭因用力而顫抖。

她還發現他迎戰懸鉤子滿布的山丘，就在激流附近。一樣，他不用割草機而是帶上大花剪，以恐怖的速度開開合合，彷彿是爲了懲罰自然。他眼睛緊盯前方，咬牙切齒，就像去舞會載她回家的那個夜晚。

到了晚上，他又恢復一貫的風趣幽默，端出洋蔥派、燉野豬餵飽一家子，「在這片土地啊，少了這些資源怎麼行。」接著繼續說到哪個合作社或過去的繅絲廠被改造成博物館。但是妹妹心中始終有股難以形容的不安，某種令人討厭的危險氣息，讓她想把眼前的盤子往牆上砸過去。

因此，當天晚上，看到父親被那個執意把露營車停在舊磨坊附近的登山客激怒，看到他掐住那人的脖子，一把將他扔到路邊，喉間還發出劈柴時野獸般的咆哮，她也就不訝異了。對妹妹來說，這個暴力的舉動意味著動員的開始。她審視了一下狀況：面對父親的暴怒，哥哥只挑了一下眉；母親沒有多說什麼，她還陷溺在自己母親逝世的哀傷裡，而且妹妹發現，從這天開始，她就不再說話了。登山客口中唸唸有詞發誓會報復，接著一拐一拐地離開後，妹妹開始評估災難的程度。她彷彿看到自己正逼近孩子那蒼白的臉頰，對他說：「你就是災難。」她隨即撇開這個念頭，火上加油無濟於事。現在不是傷心的時候，現在要做的是拯救這個岌岌可危的家。

父親變得暴躁，母親沉默不語，哥哥早就是個幽靈。該是戰鬥的時候了。她體內湧現一股力量，一股冷靜、決絕的力量。那是緊急狀態所驅動的力量，她在山區見識過。從天而降風雲變色的襲擊將樹木連根拔起，讓車子打滑翻轉，帶走生命。而他們是怎麼應對的？他們用繩索把樹固定，打開所有水壩閘門讓大水奔流，甚至建造了護土牆。爲了她的家，妹妹要建起這座牆。

爲了達到這個目的，她必須擬定策略。她買了筆記本，列出問題與解法。問題一：跟孩子接觸會讓哥哥比較好嗎？那麼她建議可以常把孩子從草原接回家裡。她在筆記本上註記他回來的確切日期，視情況給冰箱補貨，先把房間弄暖，若沒有果泥就先買一些優格頂著。她不是出於疼愛孩子才這麼做，而是爲了讓哥哥好過。她根據軍隊式的家庭重建計畫來採取行動。效率優先。問題二：哥哥會不會太過孤僻？妹妹暗中觀察，記錄他獨處的時間，只要超過她訂定的臨界點，她便找個完美的藉口接近他，像是數學碰到解題困難之類，而且絕對不告訴他她已經算出來了。問題三：哥哥好像不再扮演老大該有的角色了？誰還在乎事物該有的順序，這在很久之前就被打破了。那麼他們角色互換，由她來保護她的哥哥。問題四：她若是個好學生，爸媽就會放心多了，起碼這也是他們擔心的事對吧？她開始用功念書。她的任務：打敗其他同學，成爲班上第一名。她並沒有從中獲得什麼滿足，她要的只是減輕爸媽的壓力，然後可以在筆記本上多劃掉一項。她對症下藥，如同出征的士兵。我們看到她在院子裡，刷地拉開椅子，啪地攤開筆記本像給桌子甩了一巴掌，一筆一劃，用力在紙上記錄著戰爭的進行。她調整、適應，我們看在眼裡，就像從前她哥哥、她父母，以及更早之前那些人一樣，在在都贏得我們的欽佩與讚賞。哪天，人們會說起那些被生命摧殘的人所發展出來的靈巧敏捷，以及他們每次都能找到另一個平衡點的天賦嗎？會說走鋼索的演員都是通過考驗的人嗎？

她擺脫多餘的事物好投身這場戰鬥。收好化妝品，忘掉髮廊。如果堅持下去才能讓這個家獲得平靜，那麼她就堅持下去。這是命令。她把眼淚往肚裡吞，在餐桌上裝作無憂無慮，對高中下課的嘈雜充耳不聞，她學會無動於衷。她替自己制定鐵的紀律，時間分配精確無比。她採買、張羅飯菜、把衣服拿到磨坊那邊曬。替母親省下處理這些雜務的十分鐘或一小時，把這些時間拿來和她聊聊天，讓她重新開口說話。妹妹在筆記本寫下一些聊天主題，把它們背得爛熟，以便跟母親討論或在餐桌上拋磚引玉。為此她看報紙、記下當地的新聞好在當天晚上拿來當談資。她觀察並記錄他們的反應。葡萄園遭到某種寄生蟲的侵害、《申根公約》[21]的簽訂、布魯斯・斯普林斯汀[22]來當地的巡演消息、她父親在追的電視劇《柯迪耶一

---

21 《申根公約》旨在取消申根成員國之間的邊境管制，只要持有任一成員國的有效身分證、居留證或簽證即可在申根區成員國境內自由行動。最早由西德、法國、荷蘭、比利時、盧森堡五國在1985年6月14日簽訂（於1995年3月26日生效），九十年代初又加入義大利、西班牙、葡萄牙、希臘、奧地利，截至目前為止共有二十六國加入。

22 布魯斯・斯普林斯汀（Bruce Springsteen, 1949-），於七十年代初出道，綽號The Boss，為知名的美國搖滾歌手（1999年入選搖滾名人堂）、詞曲創作者、吉他手。他的音樂充滿對中下階層生活的關注與探討，1985年到法國巡演時，開了一張一萬美元的支票，資助那些因法國聖艾提安武器與自行車製造廠（Manufacture française d'armes et cycles de Saint-Étienne）倒閉而受害的員工（見《回聲報》，2009/07/16）。

家，法官與警察》[23]，六月即將來到的熱浪、小鎮出口蓋了一座新的遊客中心……她記錄各種話題。總算，有些成功讓母親嚇一跳，讓父親注意到某個點，讓哥哥感到不快。她不再依賴朋友，傍晚放學就直接回家，推掉所有邀約。

一開始，她那群朋友抗議，騎摩托車在校門口堵她，繞著她轉。還有人把她的包包偷走。當面解決吧！這時拳擊課就派上用場了。她打斷了對方的鼻子。父母爲了補救，只好多次到受傷女同學的家裡拜訪。

經過這次事件，妹妹獲得了平靜。曾經那麼愛交際的她，回到一個人的世界。一個人，讓這個家免於沉沒是她的唯一任務。這時要是有人告訴她，不是的，世上有美好的愛情在等著她，能夠消除這些障礙，讓她愛上生命，她大概會笑吧。但其實，這樣的事的確可能發生，妹妹將找到某個讓她學會放下的人，只是在此刻，她對所謂奇蹟還一無所知。

有時，她會拿出外婆送她的溜溜球，又隨即收起來。任何脆弱的表現都是不允許的。她從未回去過外婆的住處，喪禮後他們問她要不要留著外婆那件輕盈的晨袍，她拒絕了。她把香橙鬆餅的滋味給遺忘，不再去上拳擊課，甚至連外婆替她訂的雜誌都不看。她成爲一個不曾閱讀也不曾分享的存在，沒有記憶亦無連結，她把自己

23 《柯迪耶這一家，法官與警察》（*Les Cordier, juge et flic*），是法國第一電視台於1992-2005年間播出的連續劇，每集九十分鐘，共六十一集，講述柯迪耶這一家如何對抗犯罪。

的未來拿來交換一個目的。她看著前方，像個握緊雙拳的船長。腳踏實地勝過好高鶩遠。

時光流轉。她變成性能絕佳的發動機，反應迅速、惜字如金，性情難以捉摸。她失去她最後的幾個朋友，卻絲毫不覺得苦澀。她長得美，卻無視他人垂涎的眼光；她不屑團體，誰要想靠近，她便冷冷地拉開距離。一切都是計算：哥哥一天中的笑容是否超過兩次以上，有多久她父親不再狂暴地劈著柴，這星期她母親說了哪些話，餐桌上有什麼眼神交流，省級選舉的主題引起哪些反應，這一季結束時，平均値會落在哪裡。她留意每次重來的帳目，世界成爲她筆記本上以數字表示的資產負債表。左邊頁面，是逐一劃掉的問題清單，右邊頁面，是隔天預備要用的聊天主題。她經常伴著攤在枕邊的筆記本沉沉睡去。

同樣在這段時間，哥哥的行爲恰好與她相反。他變得較柔軟，較開放了。他們在假期把孩子接回家時，他又開始溫柔對待他、接近他了。他甚至還幫他剪了頭髮。妹妹感受到目的達成的喜悅——因爲希望已不再有，眼下只剩目的。哥哥漸漸放鬆下來，找回穩定的力量，他又會笑了——就算是對孩子笑又如何。他稱讚她留長的頭髮與脂粉不施的臉。她想到可以在筆記本上劃掉一項，欣慰地嘆了口氣。

她把握機會，成功地找他去看電影，讓這扇門開得更大一些。她沒多說，巧妙地避開了她和外婆看電影時常坐的位子（她們都選靠走道的位子，因爲「如果要逃，這樣比較方便」，外婆說。）他們聊到今年超大顆的桑葚，跟村裡那個美髮師一起遠走高飛的加油站職員，回憶起一些學校的往事。兩人還有點拘謹。

電影有點幼稚無聊，配音也配得不好，但她不在意。在映著動態多彩倒影的幽暗裡，她突然明白，哥哥是無法從孩子身上治癒的。治癒，意味著捨棄他的痛苦，然而這樣的痛苦是孩子給他種下的，是孩子的痕跡。治癒，便表示失去痕跡，也就是永遠失去孩子。從此，她明白了所謂連結能有各種形式。戰爭是一種連結，悲傷亦然。

有天傍晚，她要哥哥騎摩托車去學校載她回家。那是個火紅、雲彩洶湧的秋天夜晚。幾天前，一場可怕的雷雨伴隨狂妄的風，嚴重襲擊了塞文山區；要是外婆還在，她一定會提前預知暴力的來臨。水位上升了好幾公尺，樹木被連根拔起、車子載浮載沉，還有兩人被通報失蹤。大水席捲高處的露營區，沖毀梯田、貯存的柴火、溫室，還有洋蔥田。村子裡，大水都淹到河岸邊商家的櫥窗了。女藥劑師說針筒在水上漂，肉販說店裡只有一台機器還能運作，這些商家還說因爲大水湧進店裡，他們只能衝上樓往住家去，或是往後門跑。

夜裡，妹妹和哥哥沿路看著暴風雨的傑作：許多樹都倒了，枝葉覆滿汙泥，仰天的樹根帶著某種淫穢意味；河床被拓寬好幾公尺，彷彿有一雙手從天而降，決心把河流給撐開、壓扁。河岸旁再也不見樹幹或岩石，而是成片的砂土。她在後座，感覺他們彷彿正劈開一個流動的團塊，這團塊聞起來有潮濕泥土的氣味，迴盪著奇異的聲響，有著史前動物的呼喊，影子窸窸窣窣與原始森林的呢喃。妹妹注意不讓自己抱住哥哥的腰，而他很小心地騎著。兩人一路無話。她心想自己是否永遠失去他了，但這到底由誰決定？她會看著辦。從今以後，失去已是她親密的戰友。他們經過一座遭到暴風雨摧毀的橋，部分欄杆被沖走，形成一道空洞的弧形，還以爲是食人魔張口一咬才留下這彎曲的痕跡。便是在這裡，在過了這座半毀的橋以後，她萌生了離開的決定。

孩子在下一次的假期回來時，又長得更大了。因爲總是躺著造成上顎肥大，導致他的牙齒像打仗一樣七橫八豎，牙齦腫大。這一回，他身體的缺陷更明顯可見了。不過，讓妹妹大吃一驚的是，她竟然沒有產生任何厭惡感。整個夏天，她一如往常地避開他，但觀察到哥哥修復了跟他的關係。她沒有任何恐懼或忌妒，她再也不像從前硬要介入其中。晚上，大家打開話匣子，哥哥評論一則新聞，或跟父親講起洋蔥的收成。她仔細分析，他們的相似仍令她震撼不已。哥哥，是孩子的成年版。

某天早上，才離開幾天去玩的哥哥突然出現在客廳，在咖啡香中放下他的背包，上樓去看孩子。孩子自己待在房間裡，她可以猜到鑄鐵床前那個彎下腰的身體，他在等他。自此，哥哥又出現幸福的表情。筆記本上可以再劃掉一項了。他又開始幫孩子洗澡，把他帶到河邊，讓他躺在杉樹下。妹妹遠遠監看著他們。她的行爲好比將軍掌控著領土：哥哥在哪張野餐墊上打盹，他抬了幾次頭去摸摸孩子的臉頰、有沒有喝水、起來確認沒有任何黃蜂窩藏在杉樹樹幹裡。一切都在掌握之中。她的哥哥看起來很好。她打開筆記本，補上一劃。她的任務幾乎都完成了，她的家庭正在復原中。她同時意識到，她竟能嚴苛到這等地步，甚至讓自己再也無法表達情感。

這份恐懼在葬禮上被揭穿。

小小一群人沉默無語，朝著山上墓園走去時，她感到身體逐漸失去知覺。好冷、好冷。寒意再次侵襲包覆她的身體，麻痺了她的四肢，堵塞她的胸口。她記得哥哥總是讓孩子穿得很暖，現在輪到她了。她跟孩子一樣，成爲寒冷的獵物。她好怕。她動了動手指，跺跺腳讓血液循環。這是一場緩慢的啃噬，跟跳進激流被冰冷攫住截然不同，幾乎要將她灼傷。

她緊盯著地面的石頭走著，以掩飾她的不適。我們多希望帶給她一點溫暖，可是有誰聽我們說話？石頭能讓人不必那麼剛硬逞強，但沒有人明白這種矛盾的道理。我們盡力幫助他們，成爲庇護、長椅、子彈或道路。我們陪伴這個低著頭的小女孩，她顫抖著，腳步飛快，跌跌撞撞。在她腳下，碎石像砂粒嘎吱作響。

抵達了林間那片空地，在宛如童話的雄偉場景中，她首先看到橡樹的枝條，又長又彎宛若輕拂著草地；她父母的腳，他們貼得那麼近，讓人以爲出自同一副身體；接著是迷你墓園那低矮，有著尖刺的柵欄。她相信是這柵欄刺破了什麼，讓過往時光落到她身上。歲月奔流，孩子出生時的喜悅、圓潤光滑的臉頰、逃走的羞愧、試圖抱他卻驚慌放手的內疚、浴缸裡那麼脆弱的身軀、院子的坐墊、她弟弟呼吸的氣息——這是第一次，這個詞出現在她腦海，**我的弟弟**，外婆若聽到她這麼叫他，該有多歡喜。情緒讓她喘不過氣，她聽見底下潺潺的水聲，這是第一次，河水呢喃訴說的不是冷漠，而是許可。他說：你可以放下了。她身子往前一栽，眾人驚愕無語，就連殯儀社的人也呆住了。她哥哥第一個衝過去，這樣的悲痛——

她原本絕對不會承認的悲痛令他震驚。我們看到他跑來抓住她的肩膀，呼喚她的名字。他試著讓她站起來，但沒辦法，只好就這樣讓她蜷曲在他胸前。她止不住顫抖，吐出一句：「非要他死了，我們才能重逢。」哥哥把手移過來貼在她額頭上。他笑了，儘管換他淚流滿面，下巴抵著她的頭，輕聲地說：「怎麼會，你看，就算是死了，他又把我們連結在一起。」

老么

[Le dernier]

父母是打電話跟他們說的。

「我們有了另一個小孩。」他們戒慎恐懼，措辭小心。其實又何必。哥哥住在城裡，忙著上經濟學的課，而妹妹在里斯本念書。

事實上，不在家的兄妹，不會撞見他們母親半夜驚醒，到沙發上坐著，盤起腿，捧著隆起的肚子；無法想像她那些關於分娩災難的惡夢；沒有看到她在傍晚猶如羊毛般柔軟的寂靜中，前去山裡，眼神迷茫，雙腳開開走著免得跌倒；不知道她緊緊握住他們父親的手，坐在替死去的孩子追蹤治療的醫生面前。他們去的是同一家醫院，灰色橡膠地板，問的是跟幾年前同樣的問題：他們的小孩是否正常？隱藏在這對受傷的父母背後，巨大的期待打著哆嗦，驚惶不安，那種在他們曾想給予生命時又將之摧毀的期待。

醫生看著幾張超音波的片子，告訴他們應該一切都好。「一切都好」：已經有好些年，沒人講過這句話了。這對父母不敢相信自己的耳朵，還以爲聽錯了，要求他再重複一次。醫生笑了。之前他們遇到的，眞的是偶發狀況，而母親能在年近四十的時候再度懷孕，也算是運氣。厄運、幸運，這下總算是打平了，醫生邊說邊送他們到門口，連他看起來都有點激動。他一一叮囑母親該做的檢查，說這次孕期他們會格外注意；另外，在這十年間，醫學影像領域也有長足的發展，現今技術的進步，已能夠及早發現胎兒是否有異樣。接著他清清喉嚨，說道其實在替他們第三個孩子檢查掃描時，他瞞了一句眞話：「一個異常的孩子是艱難的考驗，大部分的夫婦會因此走不下去。」

而現在，他來了，是個男孩。

老么。

他在悲劇之後來到，因此沒有權利製造悲劇。

他簡直是模範。不常哭、不舒服會忍耐、適應分離，無懼暴風雨，而且從不退縮。他讓父母感到安慰，他是個完美的兒子，彌補了前一個的缺陷。

他整個童年的成長，都帶著某種痛苦張力的印記。有時他母親會問他，能不能看到擺在廚房深處那個水果籃裡面的柳橙。他答說：「可以啊，當然看得到。」於是母親便會露出微笑，一抹彷彿來自遠方，從過往那麼多傷痛裡牽起的笑。而他會開始形容起那顆柳橙，好讓母親繼續笑著。那顆柳橙看起來有點癟癟的，顏色頗深，形狀不夠圓，它平衡感很好喔，你看它疊在那堆蘋果上面，想說啊我要掉下去了，不過卻站得穩穩的。母親總是會被他逗得笑開懷。

他在欣慰的嘆息裡長大。牆上貼滿了他的相片：第一次學會走路、第一次開口講話、第一次手舞足蹈，這些痕跡都是慰藉，是對寧靜的召喚。他一切都好，證據就是他會走、會說而且看得見。證據，都拍成了相片。

老么在成長的路上並不是一個人，這他明白。他伴隨一個逝者的影子出生，而這道影子替他的生命滾了邊。他必須與之共處。他不會起身反抗這份強加在他身上的二元性，恰恰相反，他將它融入他的生命。事實就是，一個有缺陷的孩子比他早出生，他活到了十歲。缺席者也是一個家的成員。

常常，因著一種早熟的本能，他會在半夜坐起。（在這個家，再也沒有誰好好地睡。睡眠是痛苦的模子，帶著它們的印記。）老么起身，證實他的感覺沒有錯。他撞見父親在熄滅的壁爐前看書，或是母親坐在沙發，眼神空洞，不眞的在看什麼，只是遊走物件之中。於是他到他們身旁坐下，天南地北輕聲聊著。問他們要不要來杯桑甚茶，講點學校的趣聞或發生在合作社的卡車事故。他保護他們，如同大人陪伴在生病的小孩旁邊。他很清楚這不是他該扮演的角色，但他察覺到命運喜歡打亂角色的分配，而他理當去適應。無需思考，無需反抗，就是這麼一回事。他身上有著深厚眞摯的善意。因著一道陽光經過而生的笑容，讓我們幾乎以爲是給我們的笑容，這個舉動在很多人眼裡大抵會顯得天眞幼稚——誰會對石頭笑？然而我們在其中辨識出一份高貴，寬厚的高貴，意味著開放的勇氣，帶著篤定的態勢。噢，多麼珍貴！難聽的議論無法動搖這股生命動能。寬厚的力量使他獨立自主，相信自己的直覺，不受愚蠢蒙昧的影響。帶著這樣的底氣，老么不假思索地接納了這個有點怪異的家，一個受傷但勇敢的家，他在這裡出生，他愛它勝過一切。這也是爲什麼，他首先照顧的，便是父母。

他們的關係平和而強大。三個人，把日子以傷痕的形狀織起，結成一個繭。重生的重量壓在他肩上，沉重卻又令人滿足，這便是他被賦予的位置。

有時，他父親會揉亂他的頭髮，那手勢帶有某種驚慌的溫柔，某種暴露出恐懼的粗魯，害怕他將離去的恐懼，彷彿他得把他，把這個老么留在身邊，以免他有個三長兩短，他就會變得一無所有。他處在兩者之間，既是新的出發亦是延續，是裂縫也是承諾。

他的髮量比孩子少，眼珠沒那麼黑，眉毛沒那麼長。老么感到自己總是「不足」，儘管明明縮減消失的是孩子。然而他心中並不覺得苦澀，因爲他確實對死去的孩子懷著某種善意與好奇。他願意付出代價來認識他，況且，他與父母共度的時光是屬於他的，這些時光伴隨著他而生，沒有任何記憶的沾染，不帶另一個幽靈的痕跡。老么不覺得被剝奪了什麼。

他父親帶他到遮雨棚去鋸木頭。電鋸的聲響剪破空氣，他們喜歡看刀片緊挨著木頭，接著像切奶油似的沒入其中。鋸下的部分掉落時發出一聲悶響。他彎腰把木頭往自己這邊拉過來，父親則繼續把下一根樹幹放上鋸馬，張揚的樹枝形成三角，讓人聯想到下顎。他推著手推車走向柴房，經過蟲蛀的門，卸下木頭好讓它們陰乾。他看著那些寫著砍伐年代的標籤[24]，做著夢，一九九〇、一九九一、一九九二，那些年他都不存在。

通常，父親會給他戴上軟帽、穿上手套，然後一起去修修補補。鞏固、增強，重新擺正，父子倆很熱衷這些。他們用乾砌石工法砌一面牆，搭建一道方便下到河邊的階梯，裝扇門，設置欄杆和屋頂排水槽，打造小露臺。他們一起去逛販售各式工具的大賣場。每次經過那幅廣告：草原上一間有著挑高大門的紅瓦屋（爲了誇耀那無懈可擊的屋頂），老么都會發現父親微微僵了一下。因此，他想這麼一間在草原上的屋子，想必在孩子跟他們的故事裡扮演了某種角色吧。他在生活周遭不時發現這類細微的身體反應，像是母親準備糖煮果泥、或是某一天在工具五金量販店的停車場，一位女性打開嬰兒車的時候。當車體結構瞬間開展，橡膠輪子啪地落地，他父親嚇了一跳，彷彿聽見來自另個世界的聲響。他的目光瞬間掃過停車場搜尋聲音來源，其實那只是一輛打開準備讓小孩坐上去的嬰兒車而已。他隨即回神，低頭穿過量販店的旋轉門。這一切老么都看在眼裡，即使事情發生不過幾秒之間。他大概猜得到是怎麼一回事。

回程路上，後車廂裝滿了新買的工具，他和父親享受著滿足的靜默，裡頭充滿承諾與未來的打造。行經往村子的那條下坡路時，有幾次他父親會突然問他：

「若要手動攻牙的話，我需要什麼工具？」

24 砍下的木柴要乾燥存放一段時間之後，才能拿來燃燒使用，因此會標註時間。

——螺絲攻板手。

「要分幾次進行？」

——三次。

「要用哪幾種螺絲攻？」

——粗、中、細。

「我要怎麼知道哪支是細攻？」

——攻柄上沒有線。

問答就這樣結束。父親繼續開車，老么看著窗外。

他們在日照最好的梯田種下竹子，希望延續外婆的本領，好讓老么見識。父子倆的動作流暢精準，合作無間。搬石頭、交換工具，如同一場無聲的芭蕾。汗水流進父親的眼睛，他擦擦額頭的汗，連那雙磨損的手套都來不及脫。陽光穿透大地，啊這就是爲什麼地表會反射，老么心想。在他們的周圍，群山看顧著，透過無數聲響展示它的存在，窸窸窣窣、嘀嘀咕咕、嘎吱、喊喳、劈哩啪啦、咯呵呵、轟隆隆、嘩啦啦啦……那個逝去的孩子大概也感受過這些，因爲他聽得見。他大概也會承認山是女巫或中世紀的公主、溫柔的食人魔、古老的神祇或兇惡的野獸。

老么感覺山就在身旁，是他的盟友。他知道人類的建造曾經化爲烏有，知道梯田會崩塌，林木會從岩石裡生發而摧毀農作。他從中理解強硬不妥協。但是他也知道，四月的草地會遍布榕葉毛茛的點點黃花；七月有松鴉來啄食無花果；十月大家都會彎腰撿拾第一批掉在地上的栗子。他經常把石頭微微抬起，感受底下蠢蠢欲動的生命。他在我們身上明白了這一點，知道我們的肚腹是種庇護。他甚至會在地上挖洞，通常都至少十五公分深，然後找塊扁平的石頭填起來，好讓蜥蜴安穩地產卵。他格外偏愛球馬陸，因爲牠們害怕的時候會捲成球狀。他喜歡這樣的反應，單純覺得很酷：害怕時把自己往身體裡捲起來。他心想，說穿了，人類在模仿球馬陸。若幸運讓他找到一隻，他會看著躺在掌心的深色小球，連喘氣都不敢。接著輕輕把牠放到濕潤的泥土上，躡手躡腳地離開。

老么對自然有著無比的景仰。石頭承載著動物的痕跡，天空是鳥群廣闊的居所，最特別的是河流，那裡住著蟾蜍、水蛇、水黽和小螯蝦。他從來不覺得寂寞。他知道，孩子活過了比他能活的時間還要長的歲月，好在這裡享受這樣的陪伴。他覺得很合理。如果他能認識孩子，他們一定都會同意這一點，山是全然的包容。

晚上，他和爸媽，三個人一起晚餐。他喜歡無關緊要的閒聊，只是爲了感覺在一起，聽見彼此的聲音。徜徉在這種縫合了甜蜜靜默的空白與充盈的溫柔裡。幫忙倒水、夾肉、遞過黑麥麵包，問問誰要來點佩拉登山羊乳酪[25]。餐桌上穿插著「啊，是嗎？」、「艾斯貝魯，那地方很美啊」、「說到蕁麻疹，那眞的很恐怖」、「莫札格那一家的人都很善良」。他們聊著前一天晚上買的雙頭塗料攪拌器，四百五十轉不知道夠不夠力。有一次因爲要找迴紋針，他打開了姐姐的抽屜，發現一本寫滿「聊天主題」的筆記本——本子上面就是這麼註明的。他好訝異，因爲他們這些晚餐時光從來不需要什麼「聊天主題」。他感到一種祕密的滿足，不是洋洋得意，而是安

25 佩拉登（Pélardon）是塞文山區一種以山羊奶製成的傳統乳酪。

心。關係是順暢的，不辯自明。這是療癒期間幸福的寧靜。

哥哥和妹妹大量佔據他們聊天的內容，他們人不在這裡卻彷彿在這裡，家裡根據手上的最新消息，一點一滴勾勒起他們的生活；第一批行動電話的出現，讓聯絡變得更容易了。哥哥在一家企業找到很好的工作，他穿西裝、搭公車上下班、住在公寓裡。他孤家寡人一個，沒談戀愛，朋友也很少。父母談起他的時候，就像碰觸一個水晶花瓶，小心翼翼。

妹妹，她一直在葡萄牙，不過她已經放棄葡萄牙文學了，她受夠了。反正她從來也沒喜歡過學校，他們的父親補充。她打算開設私人法語課。她經常往外跑。她住的公寓在一條狹窄的斜坡路上，路邊有家唱片行，而賣唱片的從今以後成爲她生活的一部分。她較少打電話來了，感覺完全沉浸在戀愛裡。「她重生了」，母親笑了笑。老么在那當下，心想若要重生，那得先當作自己死了。他從中瞥見這個家在他之前經歷過的種種，難以計數。

在無懈可擊的外表之下，他內心焦灼滿腹疑問。你們是什麼時候知道的？我哥哥一整天都在做什麼？他聞起來是什麼氣味？你們當時是不是很傷心？他怎麼吃飯？看得見嗎、能走路嗎、能思考嗎、他痛苦嗎、你們痛苦嗎？

他心裡默默把孩子稱爲「幾乎是我的我」。他感覺有個替身，一個和他相似的人。一個只能把感受當作語言來說的人，從來不曾傷害過誰。一個回到自身的人，就像一隻球馬陸。

他想念他——眞可惜，他心想，沒能認識他。他多希望可以見到他，嗅聞他的氣味、觸碰他，一次也好。那麼他就能跟家裡其他人平起平坐了，他對孩子這樣深切、眞摯的關注就能得到滿足，就算他有缺陷他也不會嫌棄。老么喜歡所有脆弱的東西，因爲這樣他就不會感覺被批判。而爲什麼他害怕被評頭論足，這一點他實在毫無頭緒。除了想到他的哥哥姐姐，或是他父母感受過的羞恥——當別人的眼光落在嬰兒車上、別人稀鬆平常的表現竟宛如一種勝利時。那羞恥埋得如此深，充滿罪惡感（「令人羞恥的羞恥」，他自言自語），以致它經由血液而傳遞下去。他多希望抱住孩子保護著他。他問自己，怎麼可能如此惋惜一個在你之前死去的人？這個問題令他暈眩不已。

他父母房間的牆上貼了一張相片，貼在靠近床邊、他母親的床頭燈上面。相片裡有個小孩躺在大大的坐墊上，就在院子涼蔭處。這是張從地面仰角拍攝的影像，拍照的人應該是哥哥。坐墊厚厚的，上面出現皮包骨的膝蓋，看起來應該沒有併攏；手臂也是打開的，但拳頭像嬰兒那樣緊握；手腕呢，那麼細，「好像小樹枝上覆著一團雪」，老么心想。那個小孩的側臉輪廓細緻，皮膚蒼白，黑色的長睫毛下是圓鼓鼓的臉頰，褐色的頭髮又厚又多。在相片下方一角，有隻模糊的手，他認出那是他姐姐的手。

相片是在某個星期日午後拍的。群山在牆的後方挺起它們的肩，頸項迎向藍天。畫面一片靜謐，同時，又浮現某種扭曲的事物——或許是腿，還是過分後傾的脖子，抑或命運。

他來給母親一個晚安吻的時候，會快速、幾乎是膽怯地，往相片瞄一眼。他好想多看一會兒，但他不敢。他母親幾次都問他是不是要問什麼，但他實在有太多問題想問，以致問不出口。事實上，他怕母親再度陷入低潮，他不希望回憶讓她又露出悲傷的笑，就像跟著「你看得到那顆柳橙嗎？」這個問題而來的表情。他不敢貿然問她：如果他沒有死，那我還會出生嗎？他把她抱住，心裡默默承諾著那些愛與互助的誓言，閉著眼睛，靠在母親的肩窩。

在學校，他的表現很好。但是他對課業沒那麼感興趣，他認爲學校是個照表操課、一板一眼，有點蠢的地方。除了歷史，他唯一看重的科目就是歷史。他輕鬆就記起所有日期，把自己泡在某個年代裡，感覺彷彿掌握其中的細微差別、隱蔽的角落與精神面貌。他對中世紀有種偏愛，而當他得知彼時的人會替鐘與佩劍命名，不禁心有戚戚焉，因爲他也會給石頭取名字。孩子的想像力便是如此，有辦法給出一個我們從未要求過的身分，而我們十分享受那音色的鏗鏘，「科斯丹」、「奧克雷」、「樂尤思」，他把我們的牆變成一份相片檔案。

整個小學階段，他從維京時代讀到第二次世界大戰後，始終興致勃勃。每個時期開啓的第一天，總帶給他無比幸福，彷彿進入一個未知的國度，他即將認識不同的語言、飲食型態、思考方式、空間關係、情感連結。歷史，是在陌生大陸上的一場旅行，然而卻與他所處的當下充滿共鳴。他感覺自己宛如鏈條上的環節，像置身在一列無邊無際的法蘭多爾舞群裡[26]，而在他之前，這列隊伍已然描

26 法蘭多爾（Farandole）是法國南方普羅旺斯地區的流行舞蹈，男女交錯牽手連成長隊，搭配六八拍快板舞曲。

繪出世界。他愛極了這個想法，處在前有古人，後有來者的芸芸眾生之間，因爲這樣他就不會是最後一個。有時，他用指頭觸碰著我們，那姿態充滿儀式感，彷彿碰觸著祖先的遺跡——的確，石頭都是珍貴的遺物。關於這些，他從未向誰提起。

他感覺和同年齡的小孩之間有道鴻溝。他輕易就能穿透人性的厚度。他捕捉得到一雙眼神、一抹憂傷、一分自卑、一個期待、一絲恐懼、一份暗藏的愛。他以某種動物的本能來覺察他人。但他警覺地保持人形，以免遭到排擠，因爲根據他的推測，越是敏感纖細，越容易成爲犧牲品。

他很快注意到一個孤僻、跟他同年紀的男孩。他應該是來自另一座山谷，抑或才剛在這裡安頓下來。總之沒有人認識他。他觀察到其他人在觀察這男孩，他掂量著處在邊緣的危險。啊男孩這就忙著追他的圍巾去了，被捲成一團的圍巾，像球一樣在其他人手裡傳來傳去。他伸長手臂，跳呀跳地，但圍巾被拋得太高了。圍巾落到老么手上。男孩已經跑向他了，他多希望幫他一把，但他沒有這麼做，他服從遊戲規則。他用力把圍巾丟往另一邊，迫使男孩不得不掉頭，結果腳步一滑，摔了跤。他沒有馬上站起來，而是坐在地上哭了，此時，學校中庭卻洋溢著一股邪惡的喜悅。

那個場景在老么腦海裡揮之不去，進到了他的夢裡，讓他猛然驚醒。他走下樓。父親正翻看一本介紹工具的雜誌，在大半夜裡（這很正常），他過去挨在他身旁。他痛恨在學校中庭發生的那件事，也痛恨自己。他心想，他若是獅子心理查[27]，就不會這樣做。他清楚聽見那男孩的哭聲，彷彿他就在客廳裡，站在他背後。於是理所當然地，隔天他便按照自己的本性採取行動。趁著進教室之前，他把男孩的圍巾捲好，再當著其他同學的面遞給他。他聽見「叛徒」兩個字在周圍爆開，而男孩並沒有接過圍巾，故意讓它像條厚重的彩帶，落在走廊地板上。「我不但沒有獲得那個男孩的友誼，還失去其他朋友。」老么心想。不過在內心深處，他並不意外。他覺得自己有別於其他同學，有別於那個不一樣的男孩。該是時候意識到這一點了，他必須謹慎行事。

好多疑問繞著他轉，但這些對其他人來說似乎都不成問題。學校中庭和馬路之間隔著一道牆，他會佇立在牆的面前，自問如何彌補這些裂縫。他腦海浮現和父親砌牆時的一些用語，那些他喜愛的字眼諸如丁砌石、基底石、內填石、過橋石。他想靠得很近很近，把自己貼在石頭上，額頭抵著牆：「垂直躺著」，他心想，不過他忍住了。他必須克制他的善良，進入團體，補救圍巾事件。班上同學玩球，那麼他就玩球。因爲曉得提防他人，所以乾脆機靈地混入其中以避免招來羞辱。他會適時附和表態、下課嬉鬧、絕口不提他會在學校餐廳排隊的時候默背十字軍東征路線、恰如其分地搗蛋以平衡他的模範生形象。他唯一不能踩的底線是不公平，那是他溫和大器的性格無法忍受的。有一天，全班又激動鼓譟要欺負那個男孩，他板起臉要他們適可而止，不要欺負落單的人。他那中性、冰冷的語調，讓大家都安靜下來。他甚至還贏得不知道能拿來幹嘛的

27 中世紀的英格蘭王國國王理查一世（Richard I, 1189-1199），同時是諾曼第、亞奎丹公爵、普瓦捷、曼恩與安茹伯爵，以驍勇善戰而擁有「獅子心」的稱號。

首領光環。他沒有跟任何人坦承的是，有那麼一秒，他瞥見這群獵犬對他那特別的哥哥可能的追捕。

他邀請同學到山莊來，包括那男孩與其他人。對父母來說，這是長久以來的第一次，因爲哥哥姐姐早就不再邀朋友到家裡。他母親買了好幾公升的飲料，父親做了一些高蹺。當那男孩跌了個倒栽蔥，雙腳因爲套著高蹺而呈現滑稽的僵直模樣時，老么無視其他人的笑聲，反而湧上一股難以抑制的溫柔。他母親也是，她前去把他扶起來，拍掉他T恤上的塵土。她笑了，看起來是那麼幸福。再也不會發生什麼壞事了。她跟著這群小孩的嬉鬧而激動興奮，挑戰遊戲，餵飽大家的肚子。他爸媽究竟有多久時間不曾在家裡招待小孩了？有了他，小小生命中微不足道的事件都染上歷史性的意義——

生日點心會、學校慶典、成績單、參加射箭活動（射箭時必須站立、瞄準、抓取、理解，這些都不是死去的孩子能做到的）。在過往磨難的包圍下，平凡擺出節慶的姿態，替他黃袍加身，讓他受寵若驚又備感壓力。他覺得自己是篡位者，他無聲地向他的哥哥道歉——抱歉我搶走你的位置，抱歉我生來正常，抱歉我活著而你卻死去。

某些清晨，他會躺在床上，放鬆頸部，慢慢屈起膝蓋，接著盡可能往兩邊攤平壓在床墊上。他模仿孩子，試著接近他曾經有過的感受。他就維持這樣的姿勢，眼神放空地游移，豎起耳朵捕捉細微的聲響，音色如塔夫綢般滑順的河流，屋樑上睡鼠的窸窣，直到母親喊他。

他的哥哥姐姐在假期時回到山莊。他向他們展示跟父親一起做的工程，帶他們到柴房，爲他們示範砂輪機的操作，享受看到他們在他提高轉速時微微後退一步的反應。嘿！看吧，這樣刀就磨好了。

「收好」，哥哥溫和地提醒。

他喜歡見到他們，儘管要等幾個星期後他們離開時，他才能鬆一口氣，才總算找回他的繭。但是他願意把假期時光都給他們也沒關係。他不再是中心，而是旁邊的小不點。他心裡有數，大人在聊天的時候他就安靜聽著。他很自在，他知道這只是暫時的。他的哥哥、姐姐經歷過種種失衡，他沒有，這就足以令他讓出位置。而且他喜歡在姐姐的腳下鑽來鑽去。姐姐長得很漂亮、活潑而且愛吃。

他喜歡她從葡萄牙帶回的食譜，她是香橙鬆餅女王。她身邊圍繞著一群歡樂的人，新的語言、不同的氣候、另一種時間觀、有著大電梯和修道院[28]，一個黃色和藍色組成的城市。她都叫他「我的小巫師」。

姐姐對他十分溫柔，經常抱他，不像哥哥從不跟誰有身體接觸。她常常一把從他後頸將他攬過來，接著緊緊抱住，好像他會消

28 大電梯在此指的是里斯本的聖胡斯塔升降機（Elevador de Santa Justa）。這個巨大電梯於1900年動工，1902年完成。整座升降機由鍛鐵打造，為哥德復興式風格，高達45公尺，最頂端有座觀景台，是葡萄牙著名的國家古蹟。另外，在里斯本有座極為著名，與旁邊的貝倫塔於1983年被聯合國教科文組織列為世界文化遺產的傑羅尼莫斯修道院（Mosteiro dos Jerónimos），約建造於1450年，主要建材為當地金色石灰岩，為曼努埃爾式風格建築。

失一樣。

他們走在山裡時，她的句子經常從「我小的時候……」開始。他聽了總是心頭一緊。他多希望見到她小時候的模樣，多希望擁有不復存在的那個人的位置，成爲她唯一理當擁有的弟弟。他的家庭史滿是坑洞，而顯然地，他之所以喜歡歷史，是因爲自身的歷史總是從他手中逃脫。又一次，他瞥見這些陡峭的山路上沒有他，那些極爲特殊、他永遠不知道如何品味的剎那，以及痛苦，無窮無盡、他沒有辦法想像的痛苦。然而這些卻縈繞糾纏著他親近的人。

在他之前，只存在著哥哥姐姐，他們無論是死是活，都比他年長。而他，在鏈子的末端來到。

他可以對姐姐問出和孩子有關的問題。你們是什麼時候知道的？我哥哥一整天都在做什麼？他聞起來是什麼氣味？你們當時是不是很傷心？他怎麼吃飯？看得見嗎、能走路嗎、能思考嗎、他痛苦嗎、你們痛苦嗎？

他們一前一後走在夏季放牧羊群走的山路上，所以看不到彼此。她前進的腳步激進狂暴，彷彿敲打著山。他感受到一股憤怒的同時，還感受到力量。他姐姐好快就學會葡萄牙文，她身邊聚集著朋友，她閱讀、聚會、傾聽，她熟悉所有里斯本的酒吧。她擁抱生命與它的流動。她說她喜歡在露天座喝咖啡，忘掉自己，觀察人群來來往往，他們的表情。人群亦是無感、凌駕一切、自給自足的，就跟自然一樣。你或許痛不欲生，然而人群和自然從不在乎。長久以來，她對這樣的無動於衷憤怒不已，但如今這讓她得以暫歇。她從中領略到一種不帶批判的迎接。天地的基本法則從不感到抱歉，她對他說，不過現在她不再有所控訴。

姐姐說話時偶爾會夾雜葡萄牙文，他喜歡那音色圓潤低沉的質地。有些語言如歌，有些刺耳，但葡萄牙文跟這些都不同，它感覺朝向裡面。張嘴把聲響呑進喉嚨，彷彿訊息在跨越雙唇之前，又回到吐出這些話語的人心裡，於是沒有任何字眼被完整說出。那些話語一如內向的人，眞心迷戀孤獨，毫不在乎本身清晰與否，急急想回到溫熱的身體裡去。這是一種隱晦、返回自身的語言。他姐姐大概也無法講其他語言吧，他想。

她一一回答他的問題。他得知孩子的頭會靠在河邊平坦的石頭上，哥哥則在一旁看書；得知草原上有著很多修女的那棟房子；得知彎曲的腳、塌陷的上顎、光滑的臉頰；霰粒腫、癲癇發作、帝拔癲、利福全、利福平、尿布、蔬菜泥、淺紫色睡衣；笑容、細細的純粹幸福聲響；折磨人的異樣眼光；還有種種他所沒經歷過的片段。孩子的歷史在他面前成形，他於是曉得他從哪裡來。姐姐也跟他提起外婆，她輕盈的晨袍、卡拉帕泰拉、溜溜球、屈服的樹、寬廣的心。她會順便埋怨他走太慢，沒事一直翻石頭，尋覓球馬陸的蹤跡。

費加羅爾、拉瓊步道，還有瓦宏、佩什翁和馬勒莫爾這幾個埡口，他們走的都是綿羊群會出現的路線。他姐姐注意到野豬的洞穴，她可以根據牠們挖洞的位置來辨識風。倘若洞口面向地中海那一側，就是爲了避開來自北方的冷空氣。他從她身上，彷彿看到外婆正說著她那一套風的科學。

他們跨過小溪，穿越白歐石楠形成的小徑，偶爾踩到碎石打滑，皮膚不時被懸鉤子刮到。他們懂得重心如何擺放，配合腳步來呼吸。終於抵達高原時，只見藍天伸展雙臂，群山脊背綿延一望無際，老么感到一陣輕鬆，他終於放下心中的疑問。看吧，這就跟鳥瞰圖一樣單純、清晰：他在這裡而孩子已不在，這其中沒有戲劇性也沒有悲傷，只是一種手足關係的確認，我在此處，你在他方，而這就足以作爲連結。

有時，他們會在羊欄附近的涼蔭處午餐，或對著一群自由跑跳的馬兒。那是他們的魔法時刻，回憶與鈴鐺、羊群咩咩、馬兒嘶嘶與雜沓馬蹄聲響彼此交融。還有動物的叫聲、氣味（金雀花、濕潤的泥土、乾草），因爲老么總忍不住要將自己的情緒與感官拿來比對。他喜歡想像在數個世紀以前也有著同樣的聲響、同樣的光線、同樣的氣味。有些事物不會老。中世紀的朝聖者想必見過同樣的秋日，流淌著金光。白楊木細細的枝葉轉黃，如火炬般昂揚，叢叢灌木間氾濫著成千上萬的紅珠子，山巒披上綴有點點青綠的橘色大衣。十月的大地穿上多少令人瘋狂的色彩啊～老么一次感受。他聞到一股微溫的奶油味，一個囝仔的咿咿呀呀，以及一個男孩終於學會踩高蹺時開心的笑。他閉上眼睛。半晌，滿足地睜開眼，跟姐姐揮了揮手，一起離開。他看著她隨著腳步起伏的肩膀，厚重的褐髮在背上湧動。

回程路上，他們經過一棵從岩石長出來的雪松。它的枝幹前傾，細長而孤獨。姐姐停了下來。

「這棵樹，他想活下去。」她說。

她轉過頭。他看到她的臉龐映著秋天的金光。

「就跟你一樣。」

他姐姐行事明快又風趣古怪，有忙不完的計畫。她擁抱生活，彷彿怕錯過，他想，而她戀愛的時候，便在話語間留下空白。他聽著她配合呼吸、穩健而規律的腳步，接著姐姐的聲音再度出現，說起她在唱片行遇見的那個男孩，他耐心等待、理解、修復了她。我們可以去愛，不必害怕所愛之人會遭遇不測；可以付出而不必害怕失去；不要握緊拳頭這樣活著，成天等著危險到來，她說。這就是這份愛教會我的，也是我們的哥哥沒有學會的。我們的哥哥，她喃喃，他選擇放棄。

他帶著暈眩從山裡回來。他鎮日泡在姐姐那些話語裡，給自己留了時間消化。晚餐桌上，他看待哥哥的眼光不一樣了。他溫柔的動作與他的沉靜有了另一種意義。曾經對孩子那麼照顧的他，何以對他這個老么幾乎無視呢？一天，他們父親添湯的時候，他魯莽地問他為什麼不再看書，哥哥只回了他一個悲傷的笑容。他向來只會這樣回應他，一抹悲傷的笑。於是老么繼續追問，他大膽地說：「書（livre）與自由（libre）只差一個字母，如果你不再看書，那是因為你完全把自己關起來！」父親手上的湯勺停在半空中，妹妹和母親交換了個眼色。而哥哥，他沒有表現出一絲驚訝。他把叉子稍微挪了挪，抬起頭，一雙眼睛黑而深邃。他的聲音聽來嚴厲：

「家裡曾經有個小孩只能關在房間裡，從他身上我們學了很多，輪不到你來說教。」

老么低下頭望著他眼前的盤子。他察覺在這個餐桌的周圍，有孩子的幽靈盤旋，而他從未想過一個幽靈能有如此的重量。他在心裡對死去的孩子說：「一個適應不良的人造成這麼多的影響……是你，你才是巫師。」

他經常在內心深處跟他講話。他本能地用溫柔、簡單、輕哄，像跟寶寶講話一樣的字眼。但是很自然地，他會跟他說起獅子心理查的死與騎士精神。遠遠地，沒人會猜到他在跟孩子講話。他也會聊他的幻想，顏色與聲音之間的呼應，坦承他的感受。他跟他透露他的神祕宇宙，而且確信他會懂。異於常理的事物只能跟異於常理的人分享。他願意付出代價來碰觸他。他姐姐形容過好多次那粉嫩、胖嘟嘟的臉頰，他們的哥哥如何把臉頰貼在孩子臉頰上。他想像那半透明的胸廓、手腕透出的藍色靜脈、窄小的腳踝、透紅而未曾用過的足底。有時，他會走進孩子從前的房間，現在變成書房了，但渦形白色鑄鐵小床還留著。他把手放在床墊上頭部躺著的位置。閉上眼。心裡揚起細微、清脆、如歌的聲響，他聽見笑聲。他也聞到孩子頸項流汗的氣味、橙花香、蔬菜泥。他知道，最後，當他移動他的手，碰觸到他的皮膚與厚實的頭髮時，他這個哥哥將會消逝。他的眼睛噙滿淚水。

有一天，他問起淡紫色的睡衣放哪裡。母親愣了一下，沒想到他會知道這個細節。她答說被哥哥拿走了。

隨著時間過去，他變得越來越敏感。群山的顏色讓他寫出瘋狂荒誕的詩。光線化爲吶喊，夏日晚間八點，天光還那麼逼近地面，張揚燦爛，讓他不得不摀住耳朵。蔭與影是大提琴的詠嘆。而香氣，該死的香氣，能夠讓消逝的歌再度唱起。那個哥哥同樣聞到了嗎？他問。想必是的，因爲他的嗅覺運作無礙。他呼吸到的是什麼？他永遠不會曉得。他有種無法克制的慾望，想爲那個哥哥描述他看到的一切。他感覺體內充滿巨大能量，受到某種分享與愛的衝動所牽引，傳遞著眼前所見的一切（而在此刻，他想到哥哥的反應就跟他一樣，他姐姐說過，哥哥會替孩子描述一切）。紫、白、黃，驅使他進入那個花蕊與芬芳的世界，在那裡，氣味都化爲溫柔的撫摸而土地甦醒，他陶醉其中，直到母親持續的呼喚才回神。他試著想告訴她這個世界令他想起了什麼，但他只能指著花壇說出：木槿、連翹、紫薇，找不出其他字眼來與這些藍紫、亮黃、奶油白相伴。它們如一曲瘋狂的交響樂澎湃綻放，然後消失在一連串平淡的音節裡：木槿、連翹、紫薇。「記憶力眞好！你都記得！」媽媽大驚。「不，不一樣，我只是什麼都沒忘。」他回答。

他的表現明顯超越同齡的小孩。「明明是老么卻領先，眞是太超過了！」他對心理學家說。就跟當初妹妹一樣，父母因爲察覺到他有所偏離，而帶他去做心理諮商。但醫生認爲他只是自大。老么眞想告訴他，他身上有某個部分不是九歲而是千歲，加上另一部分持續覺醒，這種差距使他跟別人格格不入。他覺得自己被排除在外。他羨慕班上那些對憐憫或美都無感的同學。爲什麼沒有人對一隻鷹的飛翔、騎士國王的召喚、學校餐廳女士的微笑有反應？難道世界的運轉沒有發出任何聲響，沒有遇見任何回音？就連那男孩，現在也會跟搶走他圍巾的人一起玩了。其他人看起來是那麼孤單，卻又那麼自在。終究，成爲一個巫師，便是與世人隔絕。

他期待復活節假期到來，好跟姐姐聊聊。但是她沒有回來。她跟她的新戀人去旅行了。他好想念她攬住他後頸的手。於是他又轉向哥哥。其實這樣正好，有些事，非得要陷在深淵的人才會了解。但是哥哥抬起頭，說他要去走走，一個人走走。

他跟了過去。哥哥不會走太遠，他會去河邊，有著平坦大石頭的那裡。他坐下，雙手抱住膝蓋，動也不動。老么躲在涼蔭處觀察著。心裡湧起一股對孩子的忌妒。「若是我有缺陷，」他心想，「哥哥就會照顧我了。」隨即，羞愧的感受蔓延全身，他低下頭。

接近夏天尾聲的一個夜裡，妹妹打電話來，而母親放下話筒時，一臉蒼白。她坐到桌前，清清喉嚨，宣布妹妹懷孕了。「檢查沒有問題，一切都好。」她補充一句。父親走過去，抱住她。老么完全說不出話，心裡升起一個念頭：姐姐不會再愛他了。這個即將到來的小孩意味著重生，將會奪走他的位置。僅僅是出生，就奪走他的位置。他不再有任何用處。他站起來，拿起籃子裡的一顆柳橙，打開門奮力丟出去，丟向我們，院子裡的我們。

這是他人生中唯一一次叛逆的舉動。因爲回到廚房時，他看到父母滿是焦慮而扭曲的臉。他暗暗發誓再也不要重蹈覆轍。

下一個聖誕節時，三兄妹跑到院子裡來，將熱鬧喧嚷留在玻璃門後。年邁的叔伯們都死了，堂兄弟妹有了小孩。音樂會、新教徒聖歌與盛宴的傳統繼續。

他們暫時溜了出來，因爲快凍僵了而把背靠在我們身上，有個堂哥忙著調整相機。妹妹笑著，她一手輕碰哥哥的背，一手攬住老么的後頸。接著，三個人在相機前乖乖站好不動，就這麼拍下合照。

妹妹：她雙手環抱圓圓的肚子，頭微微偏向一側。玫瑰色的嘴唇，高高的額頭，淺淺笑著。灰色套頭長袖，秀髮披肩。

哥哥：他雙臂交叉，挺直站著。臉上表情難以看穿，然而細緻的玳瑁眼鏡後面流露出柔和的眼神。瘦削的肩膀，金融主管常見的襯衫。褐色短髮。

老么：抬頭挺胸彷彿要往攝影機走過去。圓臉，淘氣的笑容。眼睛半瞇，嘴角揚起露出牙套。髮色較淡，亂七八糟。

三兄妹都有黑眼圈，眼睛很大略成杏形，漆黑深邃而分不清瞳孔與虹膜。

他們每個人都可以獲得一張洗好的相片。老么拿到的時候，心想在這個家的家庭照裡，小孩的數量始終是固定的，只有第三個小孩換了而已。

後來，他第一個外甥女出生時，他和姐姐又把健行的鞋給磨破了。他們在大清早會合，折好那張皺巴巴的地圖，精神飽滿前往計畫好的埡口。牧羊小徑上，他姐姐照例走在他前面，他問她會不會害怕生出先天缺陷的小孩。「說來奇怪，並不會。」她說，「一來我跟桑德羅很有共識，若是發現有問題，我們不會留住小孩。再說，因爲最壞的情況都經歷過了，反而消除了恐懼。曾經的遭遇會讓你心裡有個底，知道如何應對、用什麼方法處理。恐懼是來自於未知。」和她在一起，字句的流瀉就只是字句，沒有影像或聲音相隨。如此單純。他可以問她關於母親這樣的新角色、她的新國度、新戀情。與她相關的一切，都是新的。新事物怎會引發恐懼。

不過，她如何克服照顧寶寶的焦慮，她怎麼看得懂那些手舞足蹈？

「畢竟曾經有十年的時間，我們照顧著一個像寶寶的小孩，你知道的吧，雖然我不太理他。其實，只要努力就夠了，結果完不完美不是重點，努力才是。你看，桑德羅的爸媽在他小時候就離婚了。他爸爸很窮，當時他們父子倆住在一個房間裡。但是桑德羅還記得那房間有個不知哪來的屏風，還有木條箱和海綿做成的床，那是他爸爸努力爲兒子打造的小天地。這些努力，勝過一個會在冰箱放魚子醬但始終缺席的父親。我覺得我已經準備好要爲我的小孩付出，就像我們爸媽一樣。有這樣的自覺，成不成功也就無關緊要了。而這一切的根本，在於我無條件接受這些加諸在我身上的要求，這裡頭融合著友情、愛與連結。」不過，她並不打算結婚，「因爲，跟社會希望我們相信的不同，伴侶有著最大的自由空間。這是唯一避開所謂規範的領域，與工作或社交關係相反。你會看到不斷爭吵卻一輩子在一起，或是安安穩穩、寧靜相守的伴侶；想要小孩、不要小孩的伴侶；把忠貞放在第一位和關係相對開放的伴侶。許多人覺得理所當然的，在其他人眼裡卻一點都不正常。反之亦然。這當中毫無規則，有多少伴侶就有多少規範。怎麼會有人想把這樣的自由放進某種官方框架裡。」她聲音低沉而充滿憤慨。是什麼樣的奇蹟讓生命衝撞如斯，老么想著。這些年來，這股衝勁究竟走過哪些路，才能再次激發宛如新生的活力。

他喜歡聽她講話。他覺得這姐姐就跟他、還有他們的哥哥一樣，已活過千年。獨處的時候想到這份奇特的手足之情，他會笑出聲。跟姐姐說了這事，換她噗哧，至少他認爲她笑了，儘管在這小徑上，他只看得到她的背影。在山裡人們總是獨自前行。他想，這裡的人就像他們所走的路。

山間的童年就在時光流轉中度過。他在一月的時候掉進河裡。第一次在磨坊底下發現一窩小貓。認出人們獵到野豬時貝加爾牛自動散彈槍的聲響。窺伺狐狸、伏翼、獾。感受六月溫熱的雨如絲絨簾幕般落下。跟父親整修前一季砌好的牆。讚嘆白楊樹在秋天的蛻變，見識它們的葉鞘在一夜之間脫落。圍繞九月昂揚的火焰跳舞，他們在河邊燒掉乾枯的樹枝，樹枝裡頭的空氣被火追著跑，像樂器般嗶剝作響。

但有些事不會變。

老么在成長的路上並不孤單。這座山日復一日帶給他更多的驚奇，而他感受、碰觸、嗅聞時會一邊想著孩子。他常常閉上眼睛專注聆聽。「小巫師啊，我從未想過閉上眼睛能看得更清楚。」孩子是他無形的旅伴，他就這樣在他生命深處住了下來，有些缺席以國家的形式存在，而老么需要回到孩子身旁。

跟其他人在一起，他越來越難以掩飾自己與他們的差異。如何告訴他們群山穿越了整個歷史，描繪出逝者不會全然消失的確切，而這種內在性令他激動不已？告訴他們山裡如此蓬勃熱烈的生機，幾個世紀以來皆然？動物每個微不足道的動作都帶著某種死亡的記憶？這太強人所難了。不過，其他人和原始動物一樣，有著偵測異類的本能。有一天，生物老師要每個人帶一條魚來解剖。老么用塑膠袋裝了一條活跳跳的鱒魚到學校，讓所有人傻眼，因爲他們都直接跟魚販買。沒有人明白，對老么來說，魚當然是活的。

他自己造字。牧羊人變成綿羊使，他則自稱訪夢者，有一種顏色叫做瑰映藍（帶有藍色反光的粉紅色），動詞變化多了一種內在未來式。他只能把這些發明說給孩子聽，小小聲的，在他從前的房間裡，一手放在床墊上頭部躺著的位置。他複誦這些字詞，它們的每個音節都化爲蝴蝶、飛蛾、草蛉，一種迷你的飛行生物，繞著渦形白色鑄鐵小床轉。他感謝這個哥哥帶來的奇蹟。

學校課業對他來說不是問題，他全盤理解、滾瓜爛熟。早早寫完考卷後，多出來的時間他便拿來創造新詞彙，偷偷在安靜的課堂裡記下來。因爲表現優異所以不曾受罰，但是他完全沒有競爭概念，甚至把自己的作業拿給同學抄。而獨有的幽默是他最好的盾牌，他會模仿、扮演、誇大某個情境，自我解嘲收放自如，連那些奸詐難搞的人都不得不繳械投降，大笑出聲。他於是持續受邀到同學家裡，任何慶祝晚會都沒錯過，只是暫時不再邀同學到山莊來。在他眼裡這是種褻瀆。凡人無法見容於巫師的國度。

意識到自己的不同讓他更貼近孩子。這種不可思議的連結會令他自顧自地笑起來，他沒有瘋，但是他必須承認：和死去的孩子說話，是他唯一拿掉僞裝的時刻。跟動物相處的時候他也有同樣的感受。他從不會因爲一隻糊塗的伏翼卡在頭髮裡，或路上踩到一隻迷途的蟾蜍而驚慌失措。上次他姐姐的小孩便嚇得尖叫。那蟾蜍雖然一動也不動，但每一聲尖叫都讓牠透亮的眼珠轉了好幾圈。老么看出牠的不安，便一手把牠拎起來，幾個外甥女雖然一臉驚恐卻忍不住跟著他，一起到河邊，送蟾蜍回家。

遇上風和日麗的早晨，他便眞心爲鳥兒感到幸福。他坐在水邊，閉上眼睛聆聽鳥鳴啁啾。在這些時刻，他姐姐會禁止女兒們靠近。她不會說「他在休息」或是「他要靜一靜」，她會說：「他在呼吸。」

老實說，老么很開心他姐姐變成母親。他看著那些將小小身軀包圍的動作，更明白從前照顧過他哥哥的種種手勢。啊～原來是這樣，藏在脖子皺褶裡的氣味，緊握的拳頭，新生哺乳動物細微的聲響，吸吮、打嗝、咕嚕、短促的呼吸。他喜歡嬰兒手臂的動作，他們的手腕像跳著峇里島傳統舞蹈的舞者般轉動，緩慢而明確。他心想歷史上所有的戰士，在某個時刻都曾經是這些能跳峇里島舞的小生命。當他的外甥女發出第一個音節，搖搖晃晃學著走路時，他更能理解家人經歷過的傷痛。那該是什麼樣的痛苦啊，始終停留在嬰兒的階段，彷彿時間拒絕了自身，可是他那哥哥卻繼續長大，如同對傷痛的嘲諷。

但他姐姐對他說的話是眞的，她並不擔憂。發燒、咳嗽、咻咻的喘氣聲、皮膚發疹子、腸絞痛，這些都像是她冷靜、沉著面對同一場冒險的一部分，就連並肩作戰的桑德羅也倚賴著她。是否因爲她生的都是女孩，所以打從一開始即透過性別而與孩子有所區隔，讓這份母愛，更容易斷絕對那個死去的小男孩的哀悼？或許吧，而他姐姐似乎也知道。她的手勢、話語和搖籃曲，一一到位。有時，老么會對姐姐育兒的一絲不苟感到惋惜，他多希望她偶爾能展現恣意奔放的那一面，儘管她可以像個不疑不懼的士兵。但是一想起他發現的筆記本，他決定沉默。他欣賞她。相信走過這一切的她，再也無所畏懼。

他也是，他再也無所畏懼。他的位置保住了。他姐姐有著那樣體貼的智慧，沒有從他身上拿走任何她給她女兒的東西。他們還是會一起上山、聊天。老么很有分寸地不要求更多，留給她全然的自由，做一個她想成爲的父母。他只問了一個問題，那是某天健行的時候，他問爲什麼她總是從後頸抓住她的女兒，而不是牽她們的手呢？爲什麼每一次都是後頸，就像她把他抓來攬著的時候。他們又走了一小段路之後，從牧羊小徑上，他才聽到答案。

「因爲，有一天我想抱孩子，我從他腋下一把抱起，但他的頭卻整個往後仰，脖子懸空晃呀晃的。我很害怕，手一鬆，他的後腦勺便撞到了搖椅的布面。我一直記得那個可怕的畫面，鬆脫的頸項在空中晃啊晃，掉下去之後頭彈了一下又滾回前胸，然後孩子蜷成一團。我沒能托住的後頸，標示了那個部分的脆弱，如此纖細，像木偶的線一樣連結著他的身體，若是後頸折斷了……你能想像嗎？

從此以後，我都會抓住小孩的後頸。」

因爲有了姐姐這幾個女兒，屋子裡充滿歡樂與尖叫聲，瀰漫著香橙鬆餅的香氣，還有葡萄牙文吐出的讚嘆。實際上，他們爸媽都很熱切期待假期的來臨。老么做了幾把劍作爲比賽用，編寫了關於獅子心理查的故事，準備短詩比賽。就連哥哥，儘管對聲音非常敏感，也顯得開朗了些。他在小孩後面忙進忙出，確認腳踏車的煞車是否正常、鞦韆有沒有固定好、河岸會不會滑。姐姐的第二個女兒特別黏他，她跟他一樣寡言，每次都要玩解題、猜謎、邏輯遊戲。他會斟酌用詞，耐心回答，順便彎腰替她把鞋帶綁好。

有一天，老么撞見他們坐在院子裡，在我們這些石頭的陰影下。他們正看著一本數獨的書。哥哥蹙著眉，手裡拿著一支鉛筆在書頁上做標記，低聲解釋。小女孩有著跟他一樣的褐髮，髮長及肩，臉頰貼在哥哥的前臂上，專心得不得了，盯著那些寫了數字的格子。他們完全沉浸在自己的世界裡，讓老么大氣也不敢喘。在夏日凝止不動的空氣裡，只聽見牆外河流嘶嘶的聲響。此時，老么透過院子另一頭那道中世紀大門的門孔，看到他姐姐。她也注視著她哥哥和她的女兒——這兩個人只關心眼前的進退兩難，對身旁兩道目光渾然不覺。妹妹在確認，就跟從前一樣，像個將軍操心著領土，老么心想。他姐姐與他的目光交錯。老么沒有走向她，只是看著她，豎起大拇指。她成功地，帶來了新生。

那些夏天，他們把曾經讓孩子躺臥的大坐墊搬到院子裡去，從此成爲外甥女玩耍嬉鬧的地方。最小的老三甚至還會在上面睡午覺。我們看到好多次，哥哥和妹妹的臉上出現瞬間的黯淡，我們知道原因。恍惚之間，像是有另一副身體睡在上面，只是他已不在，膝蓋開開、彎曲的腳，髮絲在微風中輕輕飄動。只是這一回，上面躺的是個正常的小孩，兩歲，會揉著眼，吵著要吃點心。

等到妹妹一家回里斯本，哥哥回城裡以後，老么便回到他的位置。重新找回安靜的三人晚餐時光。他喜歡跟著爸媽，在悠悠日常的微小幸福中，看著時間流逝。他品味即將來到的夜晚，有了點空閒研究歷史，他想看懂盾徽紋章的語言；他也重新恢復內心深處與孩子的關係，彷彿他前些日子只是外出；他再度與他細說起自然奧妙的巧合，群山隱而未顯的皺褶，靠近沼塘的野豬和石頭底下的球馬陸。他重新找回他的領地，而他的領地即是他死去的哥哥。實際上，他們是四個人，爸、媽、他、孩子——誰會有異議呢。

復活節假期的某一天夜裡，一場暴風雨摧毀了山區。轟雷如鼓聲，在閃電劃過的漆黑夜空中敲響。雨勢又大又急，河水瞬間暴漲。巧克力般的洶湧黑流，將岸邊那些剝到一半的樹皮撕裂沖走。他們聽見席捲樹枝和碎石的激流嘩啦啦，直到舔上外婆家的露臺。我們好好地撐住彼此。我們知道我們其中一員將會被鬆動拔出，掉落於板岩地板上，在風中顫簸。風是我們永遠的敵人，我們不怕火也不怕水，然而風比它們還強大，只有風能將我們拆卸崩解。

消防車的車燈穿過雨中迷霧，在山區較偏僻處的小村落，有支電線桿砸在某戶人家屋頂上，一輛被沖走的車子堵住了通道。雨下得那麼大，一道道小瀑布像鐵絲，一股腦地從山裡衝到路上，消防車的車頂經這強勁水勢一灌，險些撞上橋。

不過，大家對這些暴怒發作都有個底。當天下午，父親早早就把車子停到較高的地方，工具都放到高處，柴房先擋起來，花園的桌椅搬到裡面，地窖的所有通風口都打開——千萬不要把水封住，水就應該讓它流。父親、母親、哥哥和老么都靠在面對河流的窗戶前，留意水的漲勢，隨機應變。他們緊盯著河水，老么後來則躲到孩子的房間去。他看著那些樹在狂風中變形，杉樹的枝葉像鳥兒振翅，由下而上顫抖著。他任憑這些喧鬧聲響填滿腦袋，祈求動物能好好躲起來。他在心裡一一列出鳥巢的位置、蟾蜍在河邊挖的洞、狐狸的洞穴、野豬的窩、藏有蜥蜴的牆壁裂縫。這些大概都會所剩無幾。大水摧毀一切，剝奪了他這些同伴的庇護所。就連蜷縮成一團的球馬陸，也不得不被雨水帶走。

從院子大門傳來的劇烈敲門聲，讓他跳了起來。

那是個牧羊人，穿著雨衣，戴著一頂寬邊皮帽，水從帽沿不斷流下。他跟父親握了握手，因爲雷聲轟隆，他不得不放大音量。他說幾天以來他一直在找一隻羊，現在因爲大洪水，他發現這羊躲在舊磨坊那邊。那隻羊生病了，他想問問能不能幫他把羊抬到小卡車上？當然可以，父親回答，我也叫上我家的兒子。

哥哥和老么穿上雨鞋，套上連帽雨衣。外面是震耳欲聾的滾滾風暴，他們低頭前進，大雨像個惱怒的小孩，拳頭紛紛落在他們身上，一波波急促的水流淹過腳踝。他們加快腳步穿過橋，橋下混濁的河水激動翻騰。他們沿著左邊的擋土牆走到磨坊，彎下腰鑽過矮門。

老么感覺彷彿進入一個洞穴。裡面有種靜默，空氣清新帶著濕潤的涼意。石頭滲著水，只聽到雨的聲音。黑暗中，他察覺到某種生物的存在。那頭母羊倒臥在地。他看到牠米色的側腹，不尋常地肥大，細瘦的腿，蹄子發亮。牠喘著，腹部腫脹，他忍不住摸了摸。好軟。牠那有著塑膠耳標的耳朵也是，如絲絨般。母羊閉著眼睛。老么輕輕用手指撫摸牠圓圓突起的眼瞼，硬硬的，上面一道長長的黑色睫毛。牠下唇發抖，短促的呼吸和鼓點般的雨聲此起彼落。他感覺自己彷彿聽見相同而單一的聲響，像小跑步似的。大抵是正在離去的生命吧，他想。在他眼前，幾隻手舞著一張巨大而閃亮的綠色桌布，他父親的聲音把他拉回現實：「幫忙把這隻羊抬出來。」

他們抓住羊蹄，數一二三，抬起。牠好重。牧羊人打開小卡車的後車斗。旁邊，是哥哥隱約的輪廓，似乎在等他們，帽子遮住他的臉。

走出磨坊時，母羊的頭從父親前臂滑落，懸空晃呀晃。在那個瞬間，牠的頭彷彿跟無力的身軀一樣沉重，怪異地掃過空氣，脖子的皮膚繃得緊緊地。他們一鼓作氣把羊甩上去，手放開時，小卡車不住震動。

「是脹氣。」父親告訴牧羊人，手撐在膝蓋上喘氣。牧羊人點點頭。

「到底是吃了苜蓿還是酢漿草？」他像是自言自語地問著。

「總之，是脹氣沒錯。」

老么原本可以細細品味這個詞，但是他分了神。他看到哥哥高大的身軀在小卡車裡面。他脫下帽子，跪在呼吸越來越急促的母羊面前。牠嘴巴吐著白沫。哥哥在牠身邊躺下，額頭抵著母羊的額頭，一隻手撫摸牠腫起的身體，像是深色皮革上來回移動的白色斑點。他喃喃，不知在對牠說些什麼。老么看著他們。哥哥褐色的髮和獸的皮毛混在一起。他感覺雨越下越大，像要將他們隔絕。我的哥哥疼惜那些虛弱缺陷，他屬於這裡，老么心想。

他們的父親感到有點窘迫，又繼續跟牧羊人聊了一陣。直到哥哥起身，看了母羊半晌，接著決定關上門。「有需要隨時說一聲。」父親說。牧羊人碰了一下帽沿致意。他發動小卡車。車燈融入混亂的空氣中，接著消失隱沒。母親的聲音在呼喚他們，他們趕緊回家。回到院子時，風勢總算變小了，雨勢也漸漸減弱，我們看到老么牽著哥哥的手，而哥哥沒有拒絕。

晚餐時，他鼓起勇氣，一顆心怦怦跳，把頭靠在他肩上。哥哥還是一樣，眼睛也沒眨一下。他們母親拿起手機拍下這一幕，把相片傳給妹妹，傾身靠近他們父親，用一種低到幾乎聽不見的聲音說：

「一個傷兵、一個反抗軍、一個適應不良者和一個巫師。了不起。」

兩人相視而笑。

【Echo】MO0078X

接納

S'adapter

作　　者 ❖ 克萊拉・居彭－墨諾（Clara Dupont-Monod）
譯　　者 ❖ 陳文瑤
美術設計 ❖ 朱　疋
內頁排版 ❖ HAMI
總 編 輯 ❖ 郭寶秀
責任編輯 ❖ 江品萱
行銷業務 ❖ 羅紫薰

發 行 人 ❖ 凃玉雲
出　　版 ❖ 馬可孛羅文化
10483 台北市中山區民生東路二段 141 號 5 樓
電話：(886)2-25007696
發　　行 ❖ 英屬蓋曼群島商家庭傳媒股份有限公司城邦分公司
10483 台北市中山區民生東路二段 141 號 11 樓
客服服務專線：(886)2-25007718；25007719
24 小時傳真專線：(886)2-25001990；25001991
服務時間：週一至週五 9:00 ～ 12:00；13:00 ～ 17:00
劃撥帳號：19863813　戶名：書虫股份有限公司
讀者服務信箱：service@readingclub.com.tw
香港發行所 ❖ 城邦（香港）出版集團有限公司
香港灣仔駱克道 193 號東超商業中心 1 樓
電話：(852)25086231　傳真：(852)25789337
E-mail：hkcite@biznetvigator.com
馬新發行所 ❖ 城邦（馬新）出版集團
Cite (M) Sdn. Bhd.(458372U)
41, Jalan Radin Anum, Bandar Baru Seri Petaling,
57000 Kuala Lumpur, Malaysia
電話：(603)90578822　傳真：(603)90576622
E-mail：services@cite.com.my
輸出印刷 ❖ 前進彩藝有限公司
初版一刷 ❖ 2023 年 3 月
定　　價 ❖ 380 元（紙書）
定　　價 ❖ 266 元（電子書）

ISBN 978-626-7156-69-8（平裝）
EISBN 978-626-7156-70-4（EPUB）
城邦讀書花園
www.cite.com.tw

國家圖書館出版品預行編目(CIP)資料

接納 / 克萊拉・居彭－墨諾（Clara Dupont-Monod）著；陳文瑤譯. -- 初版. -- 台北市：馬可孛羅文化出版：英屬蓋曼群島商家庭傳媒股份有限公司城邦分公司發行, 2023.03
面；　公分. --（Echo；MO0078）
譯自：S'adapter
ISBN 978-626-7156-69-8（平裝）
876.57　　112001680

Cet ouvrage a bénéficié du soutien du Programme d'aide à la publication de l'Institut français.